新英雄宇宙

New Heroes
Univers

赖 继 著

天津出版传媒集团

百花文艺出版社

图书在版编目（CIP）数据

新英雄宇宙 / 赖继著. -- 天津：百花文艺出版社，
2025. 7. -- ISBN 978-7-5306-9216-5

Ⅰ. I247.7

中国国家版本馆 CIP 数据核字第 2025HP3601 号

新英雄宇宙
XIN YINGXIONG YUZHOU

赖继 著

出 版 人：薛印胜
选题策划：徐福伟
责任编辑：赵文博 李 莹 装帧设计：丁莘苈
出版发行：百花文艺出版社
地址：天津市和平区西康路 35 号 邮编：300051
电话传真：+86-22-23332651（发行部）
+86-22-23332656（总编室）
+86-22-23332478（邮购部）
网址：http://www.baihuawenyi.com
印刷：山东临沂新华印刷物流集团有限责任公司
开本：880 毫米×1230 毫米 1/32
字数：125 千字
印张：6.25
版次：2025 年 7 月第 1 版
印次：2025 年 7 月第 1 次印刷
定价：59.00元

如有印装质量问题，请与山东临沂新华印刷物流集团有限责任
公司联系调换
地址：山东省临沂市高新技术产业开发区新华路 1 号
电话：(0539)2925886
邮编：276017

目 录

驯骥师

风暴慢慢退去,城市得以幸存,韩小山从掩体里爬了出来,他无暇分享指挥室里的欢呼,也无暇关注劫后余生的庆幸,他脱掉飞行制服、脱掉靴子,他光着脚,在海岸线上跑,一遍遍喊着他好朋友的名字。

　　"牛奶——牛奶——"海岸线很长,他不管不顾地一直跑,一直跑,沿着海岸线一直寻找。他跑到脚磨破了,磨出血,跑得筋疲力竭,整个人瘫坐在岸边。他猛然想起之前在村子里的时候,牛奶也曾飞走过,那一次韩小山很伤心,他在海边等它,它终究还是飞回他的身边。

　　韩小山想,只要他一直找下去,一直等下去,牛奶还是会飞回来的。

　　到那个时候,他要给它一个大大的拥抱。

　　就像是小时候,不长大。

一

　　14岁的韩小山正蜷缩在冰屋的一角,屋里弥漫着腌制过的海鱼的味道,他像是暴露在酷热的海岸上,迎面吹来黄沙掺着海盐,还带着腥。冰屋很大,约有一百平方米,三米多高的横杆上用钢钩吊着村子里的备用粮食。这些备用粮食大多来自海洋,小一些的鱼虾蟹类是村民出海捕获的,而大一些的深海鱼类则是大风刮来的。

现在的气象灾害太多,风暴动不动就把半岛面前的海水吸起,然后重重摔在临近的陆地上,海洋里的生物和陆地上的生物都难逃一劫。

黄桃半岛是个福地,风暴大多都只擦着海岸线而过,上岸的风暴也不大。近二十年来,韩小山的村子没有遭受过灭顶之灾,顶多就是伴随着过境的风暴,下了场旷日持久的雨。

大风、暴雨对于这块三面环海的祖宗地来说,已经见怪不怪了,过量的降雨时常会带来次生灾害。大雨天别说出海了,有时候连出门都难,因此储备粮食就尤为重要。渔民们会在风暴过去后的晴天,去海边捡拾风暴卷来的大小鱼类,然后储备起来,以应对下一次灾害。

在年幼的韩小山的记忆里,他也曾前往海边去捡拾鱼类。他记得自己第一次看到被风暴蹂躏过的海岸——遍地的死鱼死虾、船只残骸,远处的山壁像是被炮弹轰击过,留下了横七竖八的裂痕,这得是多快的风速,才能产生这样的撕裂力量?!

在山里修冰屋存粮的方法,是村子里的老宋想出的,他是上一任的上一任……的村主任。韩小山已经记不得老宋到底是哪一任村主任了,反正打他记事以来,老宋的墓碑就已经被每年祭祀的人擦得起了包浆。

在山坡的高处凿空山体修建工事，不光可以存储粮食，遇到极端的气象灾害，村民还可以躲进这巨洞之中。海滨村落的人不怎么和外界联系，目光只盯着海，不曾留意到身后的山，能想出一个凿空山体修屋的法子，无论如何老宋是令人敬佩的。

老宋的墓碑就屹立在这座小山坡的顶端，像是用慈祥的目光俯视着自己奉献一生的村落，又像是在远眺每日出海打鱼的船只。为了纪念老宋，他的下一任村主任在老宋的墓碑旁立起一口大钟。暮鼓晨钟，敲钟人已走，后来者仍然守着三面环水的祖宗地。

韩小山藏身的这个冰屋就是挖在山体之中的藏身所，现在的冰屋已经越修越大，如果风暴来袭，村子里的人都会钻进这里，用储备的食物撑到风暴过去。韩小山的二舅李海洋曾强烈反对这个方案，因为他认为如果风暴足够大，大家躲进山体里，最大的可能就是被泥石流集体活埋。

"要不，我们还是迁走吧？"

村里的老人觉得李海洋挺讨厌的，净说些不吉利的话。黄桃半岛是个福地，这已是经过千百年证明得来的结论，看看，这地形如虎伏之状，这山势似龙脊之跃，这迎海的风口，既能藏风又能藏水，你李海洋以为读过几天书，就满口的专业名词，什么"风暴眼"，什么"风速"，什么"分级"，这些虚头巴脑的东西，村里的老人哪里听得进去？面对风暴灾害，他们只坚信一个法子：拜海神！稍理性点儿的老人说："即便有风暴上岸，也是小打小闹。村子里的建筑又不是草做的、泥做的,都经过了气象灾害预警局的质检审查,能扛住!"

李海洋可真是个疯子,他养大的韩小山也因此是个小疯子。要不是有法律管着,韩小山这没爹没妈的"狗嫌弃",估计早成了被献给海神的童男童女。

韩小山此刻就躲在一条风暴卷来的大鱼的阴影里。他看着大鱼被巨大的铁钩倒挂起来,觉得有几分可怜,不过很快他的悲悯情绪就被屋子里的寒气驱走了,他现在自身难保。村子里的人在满世界找他,他却不敢现身。

难道要一直躲下去?韩小山觉得肚子有点儿饿了,不管要不要躲下去,总得先吃饱。幸好这个冰屋是粮库,他起身准备找点儿吃的。蓦地,外面响起了脚步声,他马上停下动作,紧张地捂着怀里——他怀中突然鼓鼓而动,噗地从他的衣服里钻出一只白头白额的小鹭鸟。

小鹭鸟只有韩小山巴掌大小,通过冰室反射的光,可见羽毛上的微微光泽。它明显是在韩小山的衣服里藏得太久,有些憋气,探出头来就要伸个懒腰,清清嗓子,嘶嘶发响,看样子还想要放声鸣叫两声。此刻地面的脚步声更近了,韩小山吓得魂飞天外:"嘘——"他心中念道,小牛奶,你可别出声!

这只叫"牛奶"的鹭鸟,是韩小山的朋友。"咕咕咕——"怀里的小鹭鸟像是听明白了韩小山的话,于是压低了叫声。它歪着脑袋看着韩小山,晶莹的眼珠像是大海里的宝石,闪烁着灵动的光。

韩小山看着牛奶,用眼神询问它:"你也饿了,是不是?"牛奶歪着脑袋,乖巧地靠在韩小山的胳膊上,翅膀扑棱了两下。韩小山和它生活在一起很长时间了,看着它可怜巴巴的眼神,知道这小家伙一定是饿坏了。牛奶也知道现在所处的环境不能吵嚷,于是它忍着不吱声。

一人一鸟在隐秘的冰屋里,竖起耳朵听着外面的响动,确定寻找的人已经走远,听不见声响后,四目相视,互相都看见眼里写满了饥饿。韩小山松了一口气,蹑手蹑脚起来觅食。他刚刚拿起一个盛满豆子的铝铁盒子,不料触手一阵冰冷,那铝铁盒子上积了厚厚一层水雾,他一摸之下竟然抓滑。不好!眼见铝铁盒子就要落地发出声响,他伸出脚去,把盒子的内角稳稳钩住。他长出一口气,毕竟平日里玩球有些技艺在身上,关键时刻发挥了作用。

"咕咕!"伴随着牛奶一声报警般的叫声,韩小山惊觉大祸临头,那盒子里的豆子从对角滑落而出,哗啦啦落到旁边的铁皮碗上,发出雷雨般的声音!

"在这里!"冰屋外传来一声大喝,韩小山顾不得铝铁盒子,也顾不得撒落的豆子,他跑回角落里,一把将牛奶抱住。他的身后发出一声用力的踹门声,潮湿的夜风从门外涌了进来,让人窒息。就在韩小山把牛奶重新藏回怀里之时,一只黑乎乎的大手一把抓住了他的胳膊,然后将他按到地上的粮食堆里,另一只稍细些的手从他怀里掏出那只被吓得全身颤抖的小𫛭鸟,掐住了它的脖子。牛奶发出痛苦的声音："咕咕咕——"

脑袋被按在粮食里的韩小山听出背后来的都是街坊邻居。有一个很尖的声音尤其刺耳，正向众人分享着喜悦，像是掌握了真理。他被众人簇拥着，说话速度也快了些。

韩小山认得他，他是村子里除了二舅李海洋之外，另一个读过些书的人，他自诩识百鸟百兽，通天文天象……名叫秦百寿。韩小山特别不喜欢这种夸夸其谈的人，私底下笑着喊过他"禽百兽"。可是，此刻他的声音却让韩小山无比害怕。他说："我就预感有灾星，每次有这种白额鸟出现，就会有风暴，这小疯子居然敢私自养它！韩小山！你这个没爹妈的东西，从来不服软，这回我看你躲到哪里去！"

韩小山挣扎着，手乱抓，脚乱蹬。他向来性子野，从来不怕与村里的老古板对立，但这次他却害怕那只稍细的手一把掐死牛奶。他拼命求饶："伯伯！伯伯！求求你，求求你们，放过它吧！它只是一只鸒鸟，不是灾星！"

"什么？什么？"村民根本没听清这只鸟的学名，"这韩小山连学都没上过，怎么可能认识鸟类？"

韩小山绝望了，喊道："它是我的好朋友啊！"

二

关于如何处置牛奶，在追捕者中产生了一个小争论：到底是清蒸，还是红烧。对待预示风暴灾难的"灾星"，一定要像对待敌人般残忍。最后有人看看表，提议先用个笼子把牛奶关起来，看完当天的电视节目再说。

牛奶这种鸟的学名，韩小山第一次是听李海洋说起，于是他本能地意识到，只能向二舅搬救兵了。

李海洋猛地推门出现在村主任办公室的时候，里面的人正围着看电视，美丽的主播正在播报并不美丽的新闻——又有一个沿海城市被飓风摧残。大家正准备把怒气撒到鸟笼里瑟瑟发抖的牛奶身上。韩小山心里默念："快逃走吧，快逃生吧，我的小牛奶。"牛奶太可怜了，现在还不会飞。

韩小山每每回忆起当年的情景，戴着大眼镜的二舅李海洋就如同正义的化身，用科学知识对一帮蒙昧的人展开了激烈科普。那画面深深震撼了韩小山的心灵，他下定决心要走出村子，戴上和二舅一样厚的眼镜！

"哈哈哈！这叫什么灾星，这就是鹱鸟！属于海洋鸟类，小的如鸽，大的像大型海鸥，长着管形鼻孔和长翼。"李海洋嘲笑的声浪在屋里弥漫，连牛奶都吓得缩成一团。

"李海洋，那你说说这鸟怎么个栖息法？"村民问。

"白痴。这是典型的海洋鸟类，栖息于热带和亚热带海洋。繁殖期栖息于海洋中多草和多岩石的小岛上或海岸边，主要以小型鱼类和头足类为食……"

"那你说，为什么我们这里能看到？"

"白痴！鹱鸟繁殖期后常漫无目的地游荡和迁徙。"

"那为什么每次它出现，就会有风暴？"

"白痴！你们是不是搞错了主次？鹱鸟有个特殊习性，天生可以应对风暴！如果遇到大风暴，它会选择性地穿过风速极快的区域，径直飞向风暴眼！"

"啊？"韩小山张大了嘴巴。笼子里的牛奶歪过头，看着李海洋和韩小山，仿佛在质疑：自己原来这么生猛？

村民还是不相信："这怎么可能？这么小的鸟，怎么可能在风暴里飞！"

"白痴！巨浪和狂风对鹱鸟根本构不成威胁，太平洋上的鹱鸟每年可以飞行长达 65000 千米，虽然成年鹱鸟只有一品脱牛奶的重量，但它们在风暴中翱翔八个小时以上，是常态！"

牛奶扯着脖子，咕咕叫了两声，得意极了，仿佛在说："现在我还不会飞，等我会飞了……哼哼，你们这帮愚蠢的灵长目！"

"鹱鸟可以感应风暴，并不是鹱鸟就是风暴的源头！白痴！"

最后的结果很好预见，或许村民接受了李海洋的道理，可是接受不了他的态度，批判的武器依然干不过武器的批判，这场科普在李海洋一口一句"白痴"，弄得火药味十足之后，村民愤怒地踢翻了关押牛奶的笼子。牛奶受到巨大惊吓，它长叫一声，这声音音频居然极高。它振了振翅膀，飞出了窗外。

韩小山喊："牛奶居然会飞了！"李海洋说："白痴！鹱鸟很小就会飞了，它多半是忘记了！"和灵长目相处久了，这小家伙居然忘记了自己有翅膀。韩小山喊："牛奶！牛奶！你回来！"他追了出去，牛奶越飞越高，越飞越远。"牛奶，你回来！你等等——"韩小山追过村子，追过街道，追到海岸边，他感到一阵扑面而来的风,刮得脸皮生疼,风里还有沙,他一开口,嘴里就被塞了一把沙子。

牛奶飞向海面上空,很快就不见了踪影。韩小山站在岸边大哭起来,这是他唯一的朋友,他长这么大,就没有朋友!"你别走,呜呜,你别走——"只是任他怎么哭喊,牛奶已经长大了,它属于海洋和风暴,它已经飞远了。

韩小山的世界像是失去了光彩,他每天睡到太阳晒屁股才起床,也不去二舅家帮忙干活儿,也不去村里捣蛋,村民觉得真是奇怪,这野小子怎么突然转性了?韩小山每天都会在牛奶飞离的海岸边坐一坐,幻想哪天牛奶会飞回来看他。

韩小山从小没有朋友,他父母出海之后就再没有回来,他被寄养在二舅李海洋家,李海洋向来只关心书,不关心他。他像一棵野草一样生长。他通过调皮捣蛋来获取关注,想以此掩饰自己的孤独,可孤独明明就是越掩饰越沉淀。他不读书,也不对未来抱有希望,他就是想和村里的小孩儿一块儿玩。可是村里的孩子王老是欺负他,说他没爹妈,他于是冲过去,和他们打起来,却又被揍得鼻青脸肿。他每次挨揍回家后,李海洋也不安慰他,他压根就不会安慰人!李海洋只是告诉他:"你要走出去,走出这片海。"

令韩小山不曾想到的是,他将于数年后,兑现李海洋这句话。这一切都源自那只叫作牛奶的鹭鸟。命运的齿轮早早就开始启动,韩小山和牛奶相识于一场暴风之后,那天韩小山在海边捡到了这只幼年的鸶鸟，它明明不会飞，可是却被风刮来了。鱼都能被吹来，为什么鸟不能？韩小山知道村民都把这种鸟当灾星看待，可是它是那么小，那么可怜，它眼睛里全是畏惧和孤单。这岂非和自己一模一样？

从那以后，韩小山就有了一个朋友，他给它取名叫牛奶，因为它头顶白白的毛色与牛奶一样。牛奶只会发出咕咕的低声，可是韩小山却能听懂。

"牛奶，我们去草地上玩吧。"

"咕咕，咕咕——"

"牛奶，我们去山坡上玩吧。"

"咕咕，咕咕——"

"牛奶，我们去玩球吧。"

"咕咕，咕咕——"

牛奶，是韩小山在这个孤独世间唯一的温暖。它陪着他玩，他悄悄把它藏到屋子里。意外还是发生了，韩小山和牛奶在山坡上晒太阳，他抚摸着牛奶的羽毛，被村里的孩子王看到了，孩子王要韩小山把鸟交出来。韩小山不出意料地和他又干了一架。牛奶发怒了，它用嘴去啄对方，用柔弱的翅膀去扑打对方。

孩子王报告给了"禽百兽"："有人在村子里养灾星！这还了得！快去找他！"韩小山揣着牛奶，躲到了冰屋，最终仍然被抓。牛奶远去了，韩小山一直在海边孤零零地等它回来。

这一天他呆呆地看着海，没注意到二舅李海洋走到了背后。"你能听懂它说话？"李海洋一开口，把韩小山吓得差点儿掉海里。

"一开始不能,后来在一起久了就可以了。"

"万物都有灵性啊!"

"二舅,你说它们不是灾星,对吗?"

"对。它们能应对风暴,它们并不是风暴。"

"风暴中心是什么样的呢?"韩小山问。

"风暴中心是什么样,我也不知道,可能只有它们知道吧。电视里说,台风'海兽'将在两天后抵达我们面前的海域。"

海兽,听名字就知道是一场很厉害的风暴,气象灾害预警局在电视里发布了消息,预测了台风的路线。村民感慨:"不愧是祖宗留的福地啊,这一次台风又是擦着边儿过,黄桃半岛又是虚惊一场。"

风有些大了,吹得脸疼。"快回去吧……"李海洋拉了拉韩小山的胳膊。

蓦地,韩小山看见天空出现了一个黑点儿,他激动得跳了起来:"牛奶!"

牛奶飞回来了!在经过了这么多天的等待之后,韩小山终于等来了它的朋友。牛奶在空中盘旋了一圈,然后稳稳停在了韩小山的胳膊上。他看着它,高兴极了。

"咕咕,咕咕——"

牛奶靠在韩小山耳边,像在说着话。韩小山脸色变了,他像是被人用一桶冰水从头浇到了脚,他吓得全身都在抖。对于一个十四岁的少年来说,从来没有听过这么可怕的事。

牛奶能感知风暴,牛奶能穿越风暴,牛奶就是穿越了风暴过来给韩小山报信的:"'海兽'的路线变了,电视里的预测滞后了,风暴很快就要抵达黄桃海域,并且极有可能登陆!"

韩小山慌了,怎么办?村民不会信他的,也不会信李海洋的。他抓住李海洋的手,告诉他这一恐怖讯息——整个村落必定会毁于这次风暴,大家都会死的!

"风暴路线变了,风暴提前了!"李海洋拉着韩小山去找村主任,村主任正在接上级电话,根本没时间搭理他们。于是二人在村子里跑,边跑边喊,村里的人都麻木地看着他俩:电视里都播了,风暴路线变化?别逗了!

韩小山没辙:"怎么办,二舅?他们不信牛奶的话!"

李海洋气笑了:"白痴,牛奶哪里有说话!"

"舅啊,你这口头禅能不能改一改!"

仿佛一道灵光闪过,李海洋大喊:"我想到办法了!有一个人,村民是信的。"

于是李海洋和韩小山找到了秦百寿。秦百寿谁都不怕,就怕李海洋。李海洋大喝一声,把秦百寿从被窝里拉了出来,这一次李海洋学会了武器的批判:"听话,不然我揍你。"

三人一鸟开始往山坡上跑,牛奶牢牢抓在韩小山的肩头。"咕咕咕,咕咕咕——"牛奶一仰头,暴雨已经来了。李海洋脚下一滑,摔得满身是泥:"快,别管我,去打钟!"

韩小山跑到山坡的最高处,那里有一块墓碑,墓碑是当年为应对风暴鞠躬尽瘁的村主任老宋的,旁边还立着一口功德钟。这口钟也是村里的示警钟,钟声能把村民都召集到山坡上,届时人人信服的秦百寿会转述李海洋的信息,告诉大家一个字:撤!

14 岁的韩小山第一次撞响这口钟,拯救人命于风暴之前。那天的钟声不绝于耳,在村落的上空回荡,响彻人心的每个角落。牛奶立在韩小山的肩头,一人一鸟被雨淋湿,可是内心却依然炙热。人在自然面前何其渺小,而一切拯救之伟力,却不因形态之微巨而有所区别。

三

打那回敲钟后,韩小山多了些事要做。比如每次气象灾害预警局在电视里播报了风暴预测之后,他就会去海边放飞他的好朋友——牛奶。

牛奶会出海飞一圈,有时候是一天,有时候是一周,总之牛奶回来的时候,会对之前的风暴预测进行一次判断。秦百寿完全转变了对鹱鸟的态度,每天伺候牛奶的喂养和洗毛,而李海洋依然还是把自己关在房间里。

冬去春来,两个寒暑,地球气候多变,全年平均气温上升到了 20 摄氏度,灾害天气也随之变多,牛奶的预测准确率逐渐下降。面对村民的失望,韩小山不免有些失落。有一次,韩小山和牛奶的预测失手了,邻村的港口被掀翻,造成了巨大损失,韩小山内疚了大半月。没有什么比自觉的内疚更能促进孩子的成长和成熟了,从小不受认可的韩小山,原来有一颗奔赴山海的心。

面对与日俱增的气象灾害,他不知道自己还能做什么。他很想帮助更多人,可是一个小小的少年如何能够"屠龙"? 他只能对着牛奶说:"韩小山啊韩小山,你真把自己当英雄了啊?"牛奶说:"咕咕,咕咕——"

直到有一天,一台脏兮兮的吉普车开到了村子,村主任赔着笑,把车上的两位男子迎了下来。其中一位中国男子操着一口四川方言,另一位男子是欧裔白人,两人寻到了韩小山。白人男子问他:"Are you Han Xiaoshan?"(你就是韩小山?)韩小山听不懂,于是旁边的四川方言男子用椒盐味的普通话翻译了一遍,他才听明白了,答:"是的,是我。怎么了?"

"啊哈,那就对了!我叫'川倒拐',他叫'巴德汤'。"韩小山直皱眉,这都什么名字……来者是气象灾害预警局的干事,他们告诉韩小山,随着气象灾害越来越多,气象灾害预警局联合全世界的特种部门,在全球范围内招募年轻人进行集训,为联合国培养一支应对风暴的"驯骜师"队伍。

"什么,什么? 驯什么师?"韩小山没听明白。两人拿出一份表格,说:"介于你刚满十六岁,是未成年人,你的经纪人和监护人已经替你签字了。"

韩小山正丈二和尚摸不着头脑,操着四川方言的男子便侃侃而谈:"骜鸟能穿越风暴,抵达风暴中心,驯骜师的职责就是和骜鸟一同去采集风暴数据,进行科研分析,预判灾害。"

韩小山差点儿惊叫起来:"二舅学识真渊博! 骜鸟还真能干这事!"

"慢着，谁替我签字了？"韩小山转过头，就看见李海洋当仁不让地站了出来，一脸的贤者慈祥："孩子，我是不是跟你说过，你要走出这片海？"他一扶眼镜，从四川方言男子手中接过了银行卡。

韩小山差点儿昏倒："二舅你是把我和牛奶卖了啊？"

李海洋红了脸："白痴！去当驯鹱师，才有更多人认可你！这钱，这钱……我是给你留着娶媳妇的！"

韩小山简单征求了牛奶的意见："你也想去外面的世界看一看，对吧？"牛奶咕咕咕咕之后，一人一鸟就上路了。韩小山特别能理解李海洋的苦心，毕竟现在的情况是，光凭牛奶飞出海已经很难准确预测风暴了，如果要帮助更多人，就需要有科学的支撑。热血少年需要更大的舞台。

在吉普车的颠簸中，牛奶一直在咕咕咕，对巴德汤的车技表示抗议。韩小山忍不住问川倒拐："对了，我要被二舅'卖'到哪儿去？"

"成都。"

"为什么是成都？"

"因为成都有熊猫。"

韩小山瞪大了眼睛："好好说话！熊猫和鹱鸟有什么关系？"

川倒拐收起了玩笑："因为成都有风洞。"

"什么洞？"

川倒拐很得意："以前制造歼击机的地方，经过改造升级后可以在室内模拟风暴。"

韩小山不解："为什么要模拟风暴？"

"因为所有驯鹱师上岗前都要培训……"

"啊？不不不，我不要上学！让我下车，让我下车！"

"咕咕咕，咕咕咕——"

四

"洞三拐(037)，洞三拐，塔台呼叫！洞三……韩小山，报告你的中心风速！"

韩小山没听见自己的编号，他刚才已经被模拟的风暴甩昏过去，听到呼叫，迷迷糊糊之间，他睁开眼，大喊："中心风速17级！"

"报告风圈半径！"

"七级风圈半径 220 千米！"

"报告中心低压！"

"910 百帕！"

"好了，塔台收到，你可以滚下来了。"教官川倒拐露出一丝满意的笑。

韩小山从超级风洞模拟器爬了出来，解开自己的制服，扔在地上发出重重的声音。"不是说好是训练鹱鸟吗？怎么我觉得是在驯人！呕……"他突然感觉自己胃里一阵翻滚。

站在他对面的是 081 号学员加藤贺一、042 号亨利、099 号罗特、033 号林三三、191 号郭飞，他们几人被编入了一组。林三三是组里唯一的女生,正关切地看着他。为了不丢人,韩小山强行忍住了吐,把"呕"变成了"嗝"……

川倒拐开始报分,这门课又是韩小山垫底。亨利和加藤贺一笑了起来:"果然是弱鸡啊,和你的那只鸟一样。"

韩小山到成都的第一天,就被蔑视了。他人本身不高,牛奶体形也不大,一人一鸟出现在集训营里,站在高大而强壮的学员面前,像是 Q 版卡通队友。

"你这也叫骉鸟?你这小子也能进入风暴?"讨厌的加藤贺一指着牛奶哈哈大笑。同声传译耳机甚至把他那轻蔑的语气都模拟得一模一样,韩小山看了一眼他们的骉鸟,牛奶与之相比,确如小鸡之于老鹰。

"我二舅说过,骉鸟体形不一,小的像鸽子,大的像海鸥。"

"你二舅算老几!"

"你……"

亨利保持着英式的绅士笑容:"小朋友们,你们还是省省吧,从航海时代开始,这个领域就是我们的主场。这可不是过家家,早些退出,才不会折了体面。"韩小山琢磨了一下,感觉颇有几分道理,他本能就要点头赞同,背后突然有人拍了他一把:"别尿!"他回头一看,是 033 号林三三。她显然接受不了亨利绅士的"好意":"不好意思,如果我没记错的话,航海时代已经过去几个世纪了,现今联合国投票,选出由中国牵头驯骉师的科研实验,这是大国担当,也是国际信任,我们都是从各省严格选出来的,不可能有逃兵。"

林三三转头向韩小山眨了眨眼，这明亮而美丽的大眼睛，像春风一样吹拂着韩小山。他仿佛瞬间被猛打鸡血，挺了挺胸膛，像是高大了几厘米，强忍着内心狂跳喊道："谁尿谁滚蛋！"同声传译机不知道怎么理解这句带着山东好汉口音的话，把它翻译成了："I will beat you all！"（我会打败你们所有人！）然后一字不落地送进了各位竞争者的耳朵。

　　接下来的日子里，韩小山和队友要经历12门科目的培训，最后才能执行"伴飞"任务，也就是穿着飞行制服，和自己训练的骥鸟一起进入风暴，采集数据，开展科研，预测灾难。

　　驯骥师的训练很是艰苦。首先驯骥师必须要有强健的体魄，才能伴随着自己的骥鸟搭档靠近风暴，甚至进入风暴。在体魄训练的科目中，学员们首先要经受的就是模拟旋转。虽说飞行制服配有脑内平衡干预器，能在一定程度上缓解高速旋转带来的巨大眩晕感，可是几乎所有学员都在第一次上机的时候被甩吐。

　　当学员能够克服风暴的速度时，也就能进入下一个科目的训练——学习克服风暴的温度。学员们必须在体感模拟器内完成极寒忍耐训练，在这个项目里，有一半的人将被淘汰。韩小山在测试刚开始没多久，就被冻得全身发抖，眉毛、睫毛上都结出了霜。人在酷寒中会出现一种灵魂出窍的第八感，此时的韩小山仿佛从自己的身体里抽离出来，飘浮在空中，直面模拟舱里被冻成狗的韩小山。他自己都在纳闷：到底是什么原因驱使他来这儿玩命？

　　记得刚来报到那天，热情洋溢又充满浪漫主义的法国籍教官大声问所有人："告诉我，你是如何来到这里的？"有的学员说，是为了应对与日俱增的风暴灾害；有的学员说，是为了人类的福祉；有的学员更浪漫了，说是为了奔赴山海的梦想！韩小山摸着牛奶的头："我是如何来这儿的？咕咕咕咕，我是坐车来的，还差点儿被那烂吉普甩晕车。"

飘浮在空中的他端详模拟舱里韩小山的面目，确实比过去成熟了些，但依然难掩青涩和稚气。到成都进入集训营之前，在他孤独的童年里只有过一次高光时刻，就是那天撞功德钟。在牛奶的帮助下，他一时成了村里的小英雄。原来给人们预警是这么带劲儿的事。他像是上了瘾，被人认可的感觉真是不错。这个十六岁的孩子一直都被人瞧不起，他渴望有朋友，渴望被认可。

现在他又遭到了别人的轻视，除了林三三和牛奶之外，大家都不相信他能撑过所有科目。林三三说过，学员都是经过选拔才进来的。可是，韩小山是通过"卖身契"来的，他不知道二舅是怎么联系上气象灾害预警局的，二舅可真是个谜。"不管怎样，坚持住！"他对自己说，"不能被人看轻了！"

嘟嘟嘟……仪表盘上闪起了红灯，温度已经达到极限寒度，整个房间里连飘散的冷雾都静止了。极寒就是一种绝对静止，静得只剩下死亡的声音。紧接着，一个个模拟舱亮起了红灯，这表示受试学员已经撑不住，在最后关头拍打了急救模式的按钮，然后退出科目，也就意味着被淘汰出局。

抽离出来的韩小山看着韩小山已经被冻得通红的手臂，又看了看电子钟，离科目结束只剩一分钟了。旁边的林三三和郭飞等人都没退,林三三的手已经本能地伸到急救按钮上,却迟迟没有按下去。韩小山对自己说:"谁尿谁滚蛋!"

"恭喜留下来的各位!你们不再害怕死亡了!"川倒拐教官猛地按下了结束键,时间到了。这一次针对109位学员的成绩数据显示,来自北极和北冰洋地区的学员在这个科目中表现得比亚洲学员优秀,但有个例外,那就是中国的学员全部都撑到了最后,无一中途放弃!

韩小山从模拟舱下来的时候,牛奶钻进了他的衣服,他感到牛奶的一丝温暖,咕咕咕咕,像太阳一样。他长长吐出一口冷气,看了看林三三,她同样已经被冻到了极限,可是她目光依旧明亮而坚毅。这女孩真赞!

经历了生死的人,是无畏的。只有这样的人,才能飞到风暴里边去!

接下来的一个重磅科目是"心灵连接",考核的是驯鹭师和鹭鸟的心灵相通。在这个科目中,韩小山和牛奶夺得了第一名的好成绩,他和它甚至可以不需要交互感应机,直接通过"语言"完成了复杂指令。

川倒拐教官看着韩小山和牛奶的表现,长叹了一口气:"李海洋眼光可真独到啊。"

在集训营的生活是枯燥的,不过也有开心的时候。韩小山和牛奶在模拟风暴里伴飞,作为人类,他第一次感觉到在风暴中翱翔的快意。他和牛奶心灵相通,"咕咕,咕咕——",是牛奶飞得很高兴;"咕咕咕,咕咕咕——",是牛奶对韩小山的飞行动作提出批评,太丑了,得纠正。韩小山像游蛙泳一样,在风里动了动四肢,隔着面罩和超防风眼镜,仿佛是在深潜,他把牛奶逗乐了。"咕咕,咕咕——",他读懂了牛奶的想法,它想去看更远的天空和大海。

　　培训很快就要结束了,教官川倒拐拿着名单走在操场上,学员只剩下了三分之一。他知道这三分之一的学员将要奔赴远方,用自己的青春和生命去构筑一道人类的防风墙,他们有的可能不会再回来,那就好好告个别吧!

　　川倒拐教官拿起了一枚勋章,他想了想,不知道该说什么,昨天晚上秘书处准备的稿子今天早上被他弄丢了。于是他清了清嗓子,准备说点儿接地气的话:"我在去黄桃半岛招募一位学员的时候,我的老班长,对,我在欧洲皇家气象大学的班长李海洋告诉我,人和自然是一体的,当我们尊重自然,就会得到自然的尊重……在这几千年来,人类的生存环境发生了许多变化,随着全球气候变暖,地球进入风暴多发期。去年发生的风暴数量,比过去 50 年都要多,四百多起强台风造成了大量的灾害。我们需要新时代的勇士,你们将要飞向大海和天空,这枚勋章是集训营给你们的幸运符,希望你们都能好好的……当时那位没什么文化的学员质疑我,熊猫和鹱鸟有什么关系? 现在就给你们看看!"

　　阳光下,勋章上的 3D 浮雕图正在闪耀——一只身穿飞行制服、长着鹱鸟翅膀的大头熊猫比了一个"Yeah"。这是驯鹱师集训营的形象标志,在勋章的环金镶边上用多国语言写着驯鹱师的使命:为了人类,走近风暴。

韩小山闻言差点儿晕倒,讨厌的亨利则张大了嘴巴。

韩小山终于明白了熊猫和鸷鸟的关系,而亨利也终于明白了韩小山的二舅李海洋到底算老几。

五

三三:

展信佳。今天是我和牛奶被分配到东海域 3rd 监测站的第 333 天,我挺好的。你在印度洋北一分站还好吗?这封穿过大洋的信,不知道什么时候能寄到你那里。我为什么不用电子邮件? 我这儿没有电脑,我现在漂在海上。

最近我们监测站很忙,昨天我和牛奶刚刚完成了一次风暴数据采集,牛奶穿上飞行服的样子真帅,我在信的背后给你附上了它的照片。我们搞定的这次强台风,它叫"摩托",以每小时 20 千米的速度向偏西方向移动,边移动边增强,最后变成了超强台风。

牛奶飞进了它的风暴中心,我在伴飞了一段之后,就飞不进去了。你知道的,我体重增加了,最近长高了几厘米,应该和你个头差不多了。

我虽然没有继续跟进牛奶的飞行路线,但是我找到了一个很好的海岬掩体,我在手持设备上追踪牛奶飞行制服上的 GPS(全球定位系统)和数据监测仪器。牛奶是个很棒的伙伴,它在风暴中飞行很平顺,它带回来的数据让我们成功预测了"摩托"的走向——这家伙将在斯特拉莫岛沿海登陆，然后穿过斯特拉莫岛，逐渐向澳大利亚东侧沿海靠近。根据我们的情报，预警局提前布置了防范，斯特拉莫岛的居民都成功撤离了。斯特拉莫岛上的居民很擅长编布鼓，有个老人送了一个给我，他把牛奶的形象编到了鼓上。牛奶的形象成了岛上的图腾，可受欢迎了。

我那天见到海啸，可真是惊人。"摩托"可以引发这么强的海啸，我分析是有原因的，在环流中心附近云系很密实，对流发展旺盛，同时东南侧有季风云系为其提供持续水汽输送，于是它就从一个小旋涡变成大风暴啦。大自然发怒的力量真可怕，我们的船只晃得厉害，我有点儿害怕，但是牛奶一点儿也不怕。

这场风暴还要持续几天，因为副热带高压东退，它将得到一个高压，从而形成鞍形场，然后徘徊在这片海上。有时候我在想，如果我们能改变风暴的路径就好了，听我们站长说，上面的人已经在尝试做改变风暴路径的实验了，期待。

这已经是我和牛奶执行的第……我记不清了，有点儿多，没有100，也有80次吧。我和牛奶是我们监测站的主力。我二舅和站长也是同学，我二舅写信给他，叫他好好压榨我，哦，不，是好好关照我，于是我就成了一线中的一线。我的经验也比别人积累得快。我二舅是黄桃村第一个大学生，我真没想到他居然那么厉害，能当川倒拐教官的班长，我过去以为他和"禽百兽"一样是神棍呢。听我们村里人说，他在学校打了架，然后就被开除了。这个原因尚待考证，我问过他，他也不肯说揍了谁，反正肯定是个不讨人喜欢的家伙，这个谜会一直藏下去吧。

我二舅着实有点儿神，他对我提过一个特别"神"的事，说是为应对人类与地球面临的种种危机，各国高层表决通过了一项由中国牵头的"封神阁计划"。项目负责人"神秘先生"会寻找一些具有超能力的人，组成"璇玑战略司"，拯救人类。这个组织难道能比咱们预警局更厉害？拉倒吧，且不管他的各种神道，幸亏有他，不然我都不知道原来外面的世界那么大。我那天夜里漂在海上，看见了天上的银河。

哦，对，三三，我还看过奇幻光，风暴过后的天空折射的太阳光，从厚重的云层里穿出，像是一道光瀑，那感觉，就像是要升仙了一样，我们看的是不是同一片星空？

亨利已经不讨厌了，他和罗特成了我的跟班。我们小队在过去从事大规模伴飞任务时，亨利和罗特成为我的僚机。他俩的鹱鸟搭档体形很大，但是应对17级以上阵风是无能为力的。因为体形大，阻力就大啦。

加藤贺一是不是被编到福岛六站去了？那里曾经倾倒核水，不知道对他有没有影响。这方面我就没学过啦，我只在集训营学过风暴的知识，期末考试我还是抄郭飞的。

郭飞这家伙好是好，可是脾气不好，牛奶也有点儿怕他。不过，我快要赶上郭飞的科研成就了。牛奶在说"咕咕咕咕"，估计是饿了，我去搞点儿吃的，今天就写到这儿。我现在慢慢理解了二舅说的那句话："人和自然是一体的，当我们尊重自然，就会得到自然的尊重……"我会继续努力的。

　　你不要接受他的追求。要是他从大西洋二站给你发信息，你不要回他，就说风太大信号不好。

Yours，韩小山

　　韩小山小心翼翼地把信收好，牛奶正在困惑地看着他"咕咕咕咕"：我真饿了，快给我弄点儿吃的，韩小山你个憨憨，你写了半天都写的啥？你不是跟我说你在写风暴数据吗？为什么你脸一阵红，又一阵红，你是不是给三三写信？人类的心事怎么这么复杂！

六

小山：

　　你好，我收到信的时候距离你写信时已经半年了，我和郭飞结婚了。我们没有通知同学们，就两个人去了一趟巴厘岛。那个地方被风暴摧毁得变了样，和过去完全不同了。你年纪比我们小，很多情感的事你还不明白。你说得对，人和大自然是一体的。帮我向牛奶问好。

林三三

韩小山又陷入孤独了，只有牛奶陪着他。他长这么大第一次喝啤酒，他一个人坐在海岸边，风吹着他的头发，落日之后星辰升起，海水湛蓝如希腊时代的华丽传说，他忽然感觉有一丝眩晕。牛奶说："咕咕咕咕——"韩小山听懂了牛奶的话，它说还有它陪着他，我们是好朋友。也不知道是第一次喝酒酒劲儿太大，还是风越来越大，韩小山感觉眼里酸酸涩涩的。这到底是什么样的感觉，他自己也说不清，难道这就是故事里说的失恋？太难受了，人为什么会有这么复杂的情感！

　　不过没事，再难受的失恋，都会被时间抹平，少年现在还不明白，每次情感经历，都会伴随着成长。

　　跟着林三三回信而来的，还有一份来自预警局的征调令。史无前例的风暴"宙斯"就要来了，它正在大洋的深处积蓄着力量。现在预警局紧急征调所有驯飓师，刚刚失恋的韩小山选择用忙碌的工作来麻痹自己，他以亮眼的业绩被选中。三天后，他带着牛奶登上了飞往朝鲜半岛的前线基地。

　　川倒拐教官和一众预警局的领导已经等候多时。抵达的第一天，韩小山和同行们就被召集到了作战指挥室里。他们看着大屏幕上的气象图—— 一股强烈的风暴正在席卷而来，并且越来越烈，越来越强。"警告，警告，'宙斯'已经完成了第三次升级。"

　　"大家好，来自全球的精英们……"预警局的副局长亲自主持会议，他开场十分直接，"根据前期的数据预测，这一次的风暴'宙斯',将刷新历史纪录。"

"它的路线呢？"川倒拐教官问副局长。

"它的路径……监测站的驯骥师和气象卫星已经进行了精准预测,嗯,它将从这儿登陆,从这儿到那儿。它的威力有多大？这一片的沿海城市都可能受到冲击,它的力量足以摧毁一个个特大城市……"

所有人都惊愕了,这次的风暴威力如此巨大,人类将面临多大的灾难！众人转念一想,等等,不对,既然路径已经预测明确,那预警局还召集驯骥师干什么？

只听副局长用低沉的声音说:"路径已经明确,我们的确已经不需要驯骥师采集数据了……只是,孩子们,我们当前的所有措施,都不足以抵御这一次的风暴,许多城市将面临灭顶之灾。"

韩小山和牛奶张大了嘴巴,呆呆地看着副局长画出整个风暴的草图,他的家乡黄桃半岛也在受攻击的范围之内！

韩小山站了起来:"您把我们召集过来,总该是有办法的吧！"他有些着急。副局长接着说:"我们需要抵近风暴,把至少四个强磁设备放进风暴的中心,这样我们还有一线希望,可以通过人为干预,去调改风暴的路线！"

大家都有点儿蒙,这事有点儿大,人类是在赌一把。"为什么不使用无人机？"

"无人机会被'宙斯'的雷暴干扰,根本无法飞进去。只有驯骥师,长期接触风暴——这么重要的赌局,难道不该掌握在人类自己手上吗？"

韩小山问："我们成功的概率有多大？"

副局长没有回答，只是反问大家："你们记得驯骧师的使命吗？"

驯骧师们齐刷刷站了起来："驯骧师的使命——为了人类，走近风暴！"

"时间有限！那还等什么？赶快出发吧！"四支小分队、每队十五人，从东南西北四个方向出发了，每个人都带着一块像大魔方一样的钢铁疙瘩。他们必须尽快找到"宙斯"，然后把四枚强磁设备放进去，预警局会远程启动这些强磁设备，通过四个方向不同的磁场拉扯，来操纵风暴、调改路径。这对于气象灾害预警局来说，还是头一次尝试！不知道这群年轻的驯骧师能不能力挽狂澜，拯救人类城市。

韩小山率领第四分队前行。他责无旁贷，他二舅还在村里呢。他的小分队在数小时之后，与"宙斯"的"先头部队"短兵相接，队伍里三名驯骧师及其骧鸟搭档掉队了，被吹到不知哪个岛屿去了。小分队其余的队员终于追上了"宙斯"，跟着飞了一阵，可是风暴越来越大，又有五名驯骧师掉队了。

"咕咕咕咕——"韩小山和牛奶继续前进，在海平线的那一头准确定位到了"宙斯"的中心。几名驯骧师手持设备，牢牢锁定"宙斯"，在天空和海洋之间，它像一条巨龙般盘旋。"报告，遇到高压成倍输入，'宙斯'可能会进一步变强！是否要继续跟进？"一名驯骧师向指挥室发出了报告，他的声音里充满恐惧。

"宙斯"再变强，跟进它的驯鹱师和鹱鸟就会遭遇危险了。副局长坐在指挥室，神色无比凝重，还要不要继续跟进？他看了看全息屏幕，画面里是前线处置部门正在紧锣密鼓地疏散人群、布置灾害处置设备，重型机器人已经出动上街，可是这种部署只能应对过去那些风暴，从掌握的数据与理论分析来看，这些对"宙斯"是没有招架之力的。必须要调改风暴的路径，不惜一切代价，不顾一切后果！可是如果强行进入此时的风暴中心，驯鹱师的生命也会有危险。他在思忖片刻后给出了决策："让鹱鸟跟进，把'磁石'带进去！"

　　什么？什么？韩小山从耳机里接收到了这个指令，他简直不敢相信自己的耳朵，他回了一句："鹱鸟也会有危险！"

　　副局长喊："那只是一只鸟啊！"

　　"他妈的，那不是一只鸟！"韩小山感觉脑袋都要炸开了，牛奶对于他来说，并不是科研工具，它是他的朋友！他环顾四周，他这一支小分队所有人都掉队了，只有他一个人还咬着"宙斯"，而"宙斯"已经变得很强，按照操作规范，驯鹱师已经不能再往前了。

　　副局长有点儿恼怒，这小子居然敢顶撞他。他抓起话筒提高了音量："洞三拐，我现在正式通知你，马上放飞你的鹱鸟，让它携带'磁石'放置到指定位置，这是命令！"

　　"不，我拒绝！鹱鸟也是生命！"

　　"什么？川倒拐，你看看你教出来的好学生！"副局长指着川倒拐，"这小子什么来路？"

川倒拐也不知道该怎么办了："这小子是李海洋的外甥，对，当年揍你一拳的那个李海洋。"

副局长顿时语塞。

"1号'磁石'就位——"广播里播报了一则令人欣喜的消息，第一小分队已经把"磁石"放进"宙斯"的中心了，全息画面上能看见魔方形状的设备正悬浮在风暴中。

副局长发话："第一分队，报告情况。"

"报告！第一分队全体驯骧师安全，全体骧鸟失联。"第一分队队长的语调里明显带着劫后余生的哭腔！

指挥室里依然紧张，"宙斯"已经逼近近海了。

"2号'磁石'就位——全体骧鸟失联，两名驯骧师落海，生死不明。"

"3号'磁石'就位——全体骧鸟失联，四名驯骧师牺牲。"

只剩4号"磁石"了，距离"宙斯"登陆只剩20分钟了。

成千上万的人类生命，以及他们拥有的城市文明，将在20分钟后被自然的力量毁灭。隔着千里，指挥室能听见韩小山的心跳声和呼吸声，他内心在剧烈挣扎。

"韩小山，我是川倒拐教官，风暴马上就要登陆了，留给我们调改路径的时间已经不多了！"川倒拐急了，他一把抓过了话筒，"那只是一只鸟啊，你听听，有人类已经牺牲了！你难道要看着黄桃半岛所有城市都被摧毁吗？！"

韩小山歇斯底里地大喊，风暴把他的声音全部压制，他看着伴飞在一侧的牛奶，怎么办啊？该怎么办啊？他和牛奶在一起的时光浮现在眼前——在他孤独的童年里,牛奶是他唯一的朋友;在他的成长历程里,牛奶是他最好的伙伴。

这样强大的风暴,所有的鹭鸟都失联了,牛奶也会是有去无回的结局。他陷入了巨大的两难:牺牲牛奶,还是保护城市?

那些曾经不认可他、欺负他、看轻他、排挤他、蔑视他的人,现在却要他牺牲自己唯一的朋友去保护他们,凭什么啊?"还有没有 B 方案?"韩小山忍着泪,他看了看手表,人类和城市只有最后一次机会,4 号"磁石"必须送进"宙斯"的风暴眼。

川倒拐教官在那头喊:"小山,只有你距离最近,任何支援都来不及了!"

"换成我自己送进去行吗!"

"不行!你进不去!只有鹭鸟可以!它的属性你是清楚的!"

"那是我唯一的……朋友啊!求求你们了!别,别这么残忍!"韩小山几乎要哭出来,他的护目镜起了一层厚厚的热雾。隔着镜片上的雾,他看见海平面已经升起,海啸要来了,强降雨要来了。

"咕咕咕咕——"牛奶熟悉的叫声响了起来。韩小山听懂了牛奶的话,这大概是他和它最后一次心灵相通。牛奶振了振翅膀,它说:"再见,我最好的朋友,你是我在地球上的幸运。"不待韩小山反应过来,它叼起"磁石"像一道激光般,飞快扎进了"宙斯"的风暴中。

呆立风中的韩小山颤抖着手,颤抖着嘴唇,按住话麦,感觉声音从自己的灵魂里发出,他一字一抖地报告:"4 号'磁石'就位,全体……鸐鸟失联!"他终于大哭了出来!天地之间,万物旋转,大海暗哑,只听得见韩小山的哭喊。他哭得很伤心,比被村民误解伤心,比被同学看不起伤心,比知道林三三结婚还伤心,他像是失去了一切!

七

"请问,是气象灾害预警局的韩小山吗?"

一个阳光明媚的午后,韩小山从海上寻找牛奶归来,他的通信器响起,一个标有密级的电话钻了进来,从号码标记来看,对方是一个级别非常高的发话人。

"您好,是我。"

"听李海洋说,你在找你的朋友?"

"是的,先生。"

"你的朋友……不见了?"

"是的,在那次和风暴'宙斯'的抗争中,它不见了。"

"是'宙斯'啊……那您怎么能确定它还能活着?"对方明显对韩小山加强了几分敬意。

韩小山低声说:"我……我能感应得到。"

"您找了它多久了?"

"两年四个月零九天,我找遍了地球。"

"您的事迹我听预警局的局长说了,您愿意加入我们吗?"

韩小山接听着从预警局总部红机转来的绝密电话,电话那头是一个男子的声音,温柔且有磁性,像是父母长辈,又像是一位熟识多年的朋友。

"您是要从预警局调走我吗?"

"是的,我们有权限调走任何人,这是人类一项伟大的计划。"

"加入你们,能帮我找到我的朋友吗?"

对方沉默了半晌,说:"如果我们都不能找到,那就没人可以找到了。"

"我愿意,只要能找到牛奶!但是,容我冒昧地问一下,长官您怎么称呼?"

电话那头一字一字道:"璇玑战略司,神秘先生。"

星辰特工

一

　　"诺伯特·维纳、克劳德·申农两位巨匠在地球进入新纪元之前,提出过一个大胆的假设……""叮叮叮……"下课铃声响起,打断了台上老师的授课。

　　"那剩下的内容,我们下节课见。"赫拉德 AI(人工智能)学院的林子德教授迅速结束了今天的课程,他急急忙忙地赶着赴下一个约。可他的学生围了上来,七嘴八舌地提问,他不得不耐着性子和学生们继续做短暂交流。

　　天色阴沉,教室窗外黑压压的,海风吹过岸边一排热带林木,树木摇曳着发出烦闷的声音。乌云层层叠叠,叠叠层层,让人透不过气,情状颇似预言故事里的世界末日。林子德教授隐隐觉得今天有什么特别的事要发生,他眼皮从早上开始就一直跳。

　　他被十来名学生围绕着,没有注意到在教室的角落坐着一名戴黑色鸭舌帽的男学生,他帽檐压得很低,看不清脸。有学生问:"这个假设是关于图灵实验的吗?"

"我就当你回答正确了。"只听林子德教授继续说,"这个假设,的确是围绕着图灵实验,那就是'智能'能不能消除具体形态,成为独立实体的'Fluid',也就是'流'。"

学生们听得入神,开始遥想人类历史上古老的科学争论,那个大师巨匠辈出的时代,真是群星夺目。

又有学生问:"'智能'到底能不能脱离具体形态的争论,是在约翰·冯·纽曼参与的梅西会议上探讨的吗?"

林子德教授点点头,他对这名学生的科学史功底表示认同。真实而遥远的梅西会议,是在约西亚·梅西基金会的支持下举办的,汇集了约翰·冯·纽曼、沃伦·麦卡洛克、克劳德·申农、诺伯特·维纳在内的学者,致力于共同构想的信息理论能融通整个通讯领域和控制理论领域。而彼时,科学界关于"智能"能否脱离具体形象,产生了两大对立的阵营。

林子德教授接着说:"实际上,关于'智能'能不能消除具体形态,独立于所有具形化的讨论,一直延续到了现在。现在的讨论更加深入,变成了人工智能作为'编码之编码',是否具有自反性,能否脱离设计语言,甚至决定人类的重要事项。"

"教授,聊一聊您设计的'AI审判长'吧!"

"孩子们对这个感兴趣,我很高兴!"林子德教授来了兴趣,这是他参与国家顶层设计的得意之作。

随着地球资源日益匮乏,为保证资源的有序开发,维护统治秩序,联盟国采取了一系列措施,其中之一便是用人工智能来取代人类法官,所有的司法裁判,均通过一个叫作"AI审判长"的人工智能做出。

"只要是人类担任法官，就会有七情六欲，就会有政治倾向，也可能会受到各种舆论的干扰，所以——绝对的公平和正义，是永远不可能存在的。"林子德教授顿了一顿，继续说，"不管是民事纠纷，还是刑事犯罪，都可以通过 AI 进行计算做出判决。如果是一个屡犯或累犯，他将会被判处稍重的刑期，这样的刑期，是根据其暴力倾向数据进行的量刑。如果是一个长期不守信约，又擅长弄虚作假的原告，那么他主张对方违约被支持的概率就会降低。"

"AI 审判长"已经运行了 20 年，社会井然有序，犯罪率大大降低。林子德教授就是当年参与设计的"50 人科学团"成员之一。

一名学生站了起来，提出了一个颇为尖锐的问题："可是，'AI 审判长'现在却对国民进行分级，这岂非'智能已经凌驾于人类之上'？"

决定一个人是否具有公民权，是否会被定为奴籍，也是凭借"AI 审判长"的智能裁判。"AI 审判长"通过庞大的社会数据，决定一个年满 18 岁的人是否能成为这个国家的公民。劣迹斑斑、品行不佳，甚至有违法前科的人，将会被定为奴籍。奴籍之人，只能从事低级的工作，只能在社会的边缘生存。

"这个问题……和科学的关系有点儿……那个……是政治啊。"林子德教授无法招架这个问题，"AI 审判长"的设计确实超出了他们当年的预料。

林子德教授的腕表发出的嘀嘀鸣响，打破了尴尬的气氛。谢天谢地，解围了！他示意学生们："今天就到这里吧，老师已经赶不及下一个预约了。"

他的欧裔搭档亨利还在数据实验室里等着他。他们需要对"AI审判长"的程序进行一次定期校准和固件升级，这项工作代号为"星辰计划"。为了保证工作的绝密性，"50人科学团"将匿名轮值承担系统维护工作。

"等一等！"那位坐在角落戴黑鸭舌帽的男学生举起了手，"教授，'人工智能能替代人类法官'是基于笛卡尔的'身心二元论'和'莱布尼茨的谬误'，这明显是犯了智力可以独立于人体而存在的错误。"

教室里所有人都看向了他。林子德教授一脸慈祥和蔼，他很鼓励学生能有思辨精神，但他的时间真的来不及了。

林子德教授心里想，今天是怎么了？孩子们好像在……故意拖着我。

"孩子，'智能'可以脱离某些具体形态。"

"如果有人掌握了'AI审判长'的数据，是不是就可以操纵司法？"

这个问题很深奥啊，这也不是科学问题，这是一个犯罪问题。林子德教授微微皱起了眉。蓦地，林子德教授的腕表从温柔的轻响变成了急促的警报声。不好！他脸色大变，这是"AI审判长"数据实验室发出的警报。根据警报的声音判断，这是数据实验室被人非法闯入了。

"我得走了！"林子德教授快速跑出教室，他边走边呼叫国家警卫局配置的黑武剑机器人。在"50人科学团"执行"AI审判长"数据维护任务的日子，轮值科学家就会得到当局指派的黑武剑安保待遇。

他小跑着穿过了哥特风的礼堂，在两道警戒门次第打开后，钻进了悬浮梯。悬浮梯快速下降，地面广场打开了一个六角形的入口，悬浮梯在地下十层停住。

林子德教授用自己的虹膜开启了数据实验室的门，他刚刚踏进实验室，就感觉自己脚下踩到了某种黏稠的液体。

"亨利！亨利！"他喊了两声，没人应答，他低头一看，惊觉脚下踩着的原来是一大摊血迹。

他抬头望去，在实验室数据矩阵面前，亨利满身鲜血，趴在操作台上。

亨利呻吟着："有人窃走了'AI审判长'的数据！"

林子德教授只觉魂飞天外，他脑中不断闪现出刚刚那名学生的假设：如果有人掌握了"AI审判长"的数据，是不是就能操纵司法？

林子德教授看了一眼实验室明亮的"星辰天顶灯"。光线有些刺眼，令他惊恐得睁不开眼睛。

二

一台悬浮车沿着光轨快速行进。不消片刻，悬浮车已经赶到了赫拉德 AI 学院门口。

智能学院的 AI 保卫扫了一眼车身的标识，便迅速打开了学院的大门。车身上的"未来特工局"是个通行无阻的标识。车在案发现场外停了下来。

雨已经下得很大，天空的乌云依然厚重。车上走下来的男子叫武烈，亚裔，模样看上去四十多岁，穿着一件黑色的短打夹克，黑色的牛仔裤配黄色马丁靴。他满脸的胡碴子，显得又沧桑又颓废，戴一顶遮阳草帽，却掩不住一双锐利的眸子。

武烈深吸一口气，自言自语道："空气里都是阴谋和罪恶的味道啊。"他在警界赫赫有名，外号"狼狗"，据说用鼻子就能嗅出破案的线索。

武烈在保卫的引领下进入到数据实验室。数据实验室里已经站着三三两两的属地警署的警探。数据实验室失窃、亨利被打成重伤，这属于恶性事件，当地警署第一时间就赶到了现场。

林子德教授在角落里有些失神。警探们用 AI 现勘仪对现场进行快速的扫描。

AI 现勘仪发出机器的音调："指纹——无；足迹——无；微量痕迹——无；闭路监控——无……"

警探们面面相觑，低声说："天哪！犯罪嫌疑人竟然制造了一个完美的现场！"

武烈大笑着，大踏步走了进来："现在的小子们，只会依靠仪器，连最基本的犯罪现场勘查技术都喂狗了吗？"

警探们抬头对武烈怒目而视，这哪里来的浑人？

当着报案人林子德教授的面被人奚落，领队的警探脸上有些挂不住，他呵斥武烈："哪儿来的？出去！我们在办案！"

武烈昂首沉声道："我是武烈。"

这四个字像是有魔法一样，刚刚所有怒目而视的警探立马没了脾气，都站得笔直："长官！"

没人不知道武烈的大名，他疾恶如仇，追缉罪犯的手段又直接又狠辣。他都不用出示自己的证件，这浑身上下散发着混世魔王般气势的，整个联盟国里哪里还找得出第二个。他曾是最优秀的人类警探，因为多年前一起案件的失误而被判入奴籍，妻子遇难，女儿也离他而去，从此消沉堕落。

由于得天独厚的能力，武烈被未来特工局重新聘回。作为抓捕凶徒的专业人员，他令犯罪分子闻风丧胆；又因为行事莽撞、不计后果，他也让上司头疼不已，好几次都想枪毙了他。

武烈一摸鼻子："好了，小子们，由于案件涉及重要数据，管辖权升级。我奉未来特工局贝利夫人的命令，来接手案件。"

领头的警探面色尴尬，原来这人是来抢案子的！

年长的警探颇有些敢怒不敢言。年轻的警探却面露兴奋——终于可以看看这大名鼎鼎的"狼狗"武烈是怎么追缉犯罪嫌疑人的了。

武烈走到了林子德教授面前，他没有说话，只是用锐利的眼睛盯着林子德教授：这么重要的数据，关系到整个国家司法审判，会不会是林子德教授监守自盗？

林子德教授失神地看着武烈。两人对视了半晌，武烈看到了一位科学家清澈眼眸里的星星。

如果数据失窃，林子德教授会因为过失承担法律责任，说他监守自盗，这于理不通。

武烈终于移开了自己的目光。他锐利的视线仿佛一台现场勘查仪器，扫过被盗的矩阵、强行打开的保密门、一动不动的黑武剑机器人……

刚刚警探们的 AI 现勘仪已经得出了部分结论，整个犯罪现场没有指纹、足迹，甚至连微量痕迹都没有。

武烈嘴角上扬冷冷一笑，他看着站在角落里的警探们道："没有痕迹，恰恰就是一种痕迹。"

没有痕迹，恰恰说明犯罪嫌疑人具有高超的反侦察技能，他一定是在试图掩盖什么。

掩盖什么呢？那还用说，犯罪嫌疑人一定有案底。

"请，"武烈一伸手，"我需要伤者的资料。"领头的警探不情愿地把资料递给了武烈。

"林子德教授的欧裔搭档亨利，身高 180 厘米，体格强壮……"武烈转过头问林子德教授，"他平时有什么爱好吗？"

林子德教授努力思索："他平时喜欢搏击，有很高的段位。"

"亨利。"武烈翻开亨利的伤情报告，"他虽然有过还手，可是还是轻易被人干倒……他的左肩胛下不远处被利器捅伤。"

武烈闭上眼，还原亨利和犯罪嫌疑人搏斗的场景。从打斗痕迹来看，最后一刀是犯罪嫌疑人手持利器从后向前，刺伤了亨利。犯罪嫌疑人的手段很高明，这个伤口的位置，既没有伤及心脏,却又能快速地造成亨利休克。干净、利落、准确、省力,犯罪嫌疑人很有可能接受过专业的军事训练。

林子德教授问:"坏人是怎么知道数据在我实验室的?"

"国家警卫局配发的黑武剑呢?"武烈问。

四台黑武剑机器人一动不动,停放在实验室门口。"看来是被人破坏了数据线路……"武烈冷笑,"这人很熟悉军事武器的装置情况。这些铁疙瘩,成事不足败事有余。搞清楚'50人科学团'里谁配置了黑武剑,是不是就知道了哪几个人最有可能是当期的轮值科学家,负责维护数据?"

武烈抬起手臂,打开一道全息屏幕。他已经对犯罪嫌疑人进行了初步刻画,现在,他需要通过大数据来缩小犯罪嫌疑人的范围:能接触到保卫级的 AI 武器配发程序、受过智能武器操纵线路课程培训、受过专业的特种打斗训练、有反侦查能力或是有案底、身高 180 厘米……

为什么要盗数据,动机是什么?图财还是……具备这么强大特种能力的人,会不会仅仅是因为图财?如果不是图财,那么他是想——

想到这儿,武烈不寒而栗,他按住耳机,呼唤上级贝利夫人:"我需要近期排期审判的案件资料。"

贝利夫人很快传给了他:三日后,"AI 审判长"将对三名触犯军事法的被告人进行宣判。

"都是谁?"

"中尉崔以民、曹宗宪,隶属于特种侦察部队'山海经小队',

因为渎职造成军方对恐怖组织'西柚'的整体行动失败……"耳机那头传来了贝利夫人的声音。

"渎职？"

"对。他们拒绝了 AI 武器对敌人身份的判断，造成了严重后果。"

武烈打断了她："等等，你刚刚说有三名被告人。"

"是的。"

"可是，为什么案件资料里只有崔以民、曹宗宪两人？"

"因为还有一名……在换押途中，脱逃了。"

武烈眉毛一跳："竟然有人能从未来特工局的手上脱逃？"

电话那头的贝利夫人长叹一口气："你可别小看他，他是这支'山海经小队'的头儿。"

"你说的是——'烛龙'池海镇？"

"对，就是他！"

武烈不说话了。上尉池海镇被称作"战场最强魔人"，中尉崔以民、曹宗宪是他的直接下属，三人涉嫌渎职而触犯军事法，而以军人身份为荣耀的池海镇竟然脱逃了！

"你是说三天后，'AI 审判长'要公开审判中尉崔以民、曹宗宪？"

贝利夫人在电话那头优雅地回答："是的。"

"他的目的是什么？"

贝利夫人说："你问问林子德教授就知道了。"

林子德教授颤巍巍地站了起来，仿佛耗费了很大的力气：

"我和亨利在对'AI审判长'的固件进行升级,掌握了这些固件数据,就有可能侵入它的系统里……"

"他难道是要操纵司法,修改判决内容,救出崔以民、曹宗宪?"武烈被气笑了,没想到这世界上还有比他更浑的人,作为执法者,他绝不允许这种事情发生。

如果真有人通过这种方式操纵司法判决,那么,这个世界的公平基石将不复存在。

"你有信心在开庭前抓住'烛龙'吗?"贝利夫人不无忧虑地问。

"三天之内,必须抓到他!"武烈捏紧了拳头,这可真是个棘手的案子。

三

上尉池海镇正在西部城市的一座木屋里打盹儿。屋外的雨很大,地球的气候已经变了样,天气常常难以预测。他要养足精神,因为他要开始逃亡。

摆在他面前的是一块封装得当的数据硬盘。他准备带着这块硬盘,去往二十三街区,那里是奴籍人群聚集区,治安三不管,可是却有很多民间高手,比如自由散漫、不服政府教化的超级黑客。

池海镇的目的很简单,就是要请这些超级黑客出山,攻击"AI审判长",修改判决。他已经物色好了最佳人选。他睁开眼,沉思起来。

他的两名好搭档崔以民、曹宗宪即将面临审判。在公开审判之前，他们二人已经经历过一轮预审判了。"AI审判长"在预审判的时候，分析了所有输入到AI运算中心的证据：

> 证人证言：战场上的士兵；
>
> 物证：AI武器里的日志；
>
> 供述：嫌疑人陈述；
>
> 电子证据：战场指令的下达痕迹；
>
> …………

证据已经形成了链条，足以证明崔以民、曹宗宪二人作为先遣队伍的决策小组成员，在追击恐怖组织"西柚"的过程中，存在渎职误判，造成整个作战计划被打乱。

"AI审判长"像一个自动售货机一样，输入了特工局搜集到的所有证据，然后自动吐出一个判决结果——"有罪"。预审判已经有了结论，那么三日后的公开宣判，崔、曹二人将难逃法网。

目前好像除了操纵司法、修改判决之外，别无他法。池海镇现在的藏身所是崔以民的妹妹找的。她叫崔萱，比池海镇小很多。她是赫拉德AI学院的学生。崔以民是崔萱唯一的亲人，当她听说池海镇要救她哥哥时，她毫不犹豫地和池海镇站在了一边。崔萱已经准备好了所有的补给，她把机车座凳两旁的储物箱装得满满的。池海镇恢复了精神，看着忙前忙后的崔萱，心想这个丫头和她哥哥一样,酷爱机车。

"我们得走了。"池海镇的声音很沉,像是在战场上发布命令。

崔萱说:"明白!"

"你的车不能走。"池海镇指了指崔萱准备好的机车。

"为什么?"

"因为我们是在逃亡。"

崔萱不解:"那我们更需要交通工具。"

"你知道现在来追缉我们的是谁吗?"

"谁?"

池海镇目光灼灼:"武烈——'狼狗'武烈。"

"那又怎么样?"

"他是未来特工局里追踪能力最强的人。"

"可是,这和我的机车有什么关系?"崔萱疑惑地问。

"所有的机车都是有智能模块的,对吗?"

"是。要是没有智能模块,就不能联入'万联网'。"

池海镇沉声说:"你能联入网,武烈就能沿着你的联网轨迹追踪到你!"

"原来如此。"崔萱点头,"那我们该怎么办?"

池海镇看着她道:"我们也不能使用高速飞机或者悬浮车。"

"那我们怎么抵达二十三街区?"

池海镇露出一个冷酷的笑:"如果我们使用这些有定位功能的交通工具,那将永远无法抵达二十三街区。"

崔萱问："这个武烈这么厉害？"

池海镇沉默片刻，他所知悉的武烈是个传奇人物。"未来特工局探员武烈曾是最优秀的人类警探，因为多年前一起案件的失误而被判入奴籍。由于其得天独厚的追缉能力，被未来特工局返聘，成为抓捕凶徒的'狼狗'。"

"那他因为什么事被判入了奴籍？"崔萱问。

"这个就没有官方报道了。不过小道消息是说他顶撞财阀而被陷害，他打了办案的监察官。"

"这人说不定还真是个有血性的人啊！"崔萱从小佩服哥哥，也佩服热血英雄。

"武烈自己被判入奴籍，连带他女儿也被打入了奴籍。他拼命地侦破案件，积攒积分，就是希望有朝一日能解除女儿的奴籍，获得平等的权利。"池海镇说道。

"这样的人追缉我们，岂非咬死不放？"崔萱叹气道。

池海镇一字一字地说："所以，我必须关闭所有具备网络、通讯功能的设备。"

"所有？"

"对！所有。"

崔萱问："那我呢，是不是也要关闭所有具备网络、通讯功能的设备？"

池海镇斩钉截铁地说："相反，你不能。"

"为什么？"

"因为武烈一定会找上你哥哥。当他从你哥哥调查到你之后,就一定会把你放进视线。"

"然后呢,难道他会联系我？"

"当然不会。可是一个好好的人突然失去了所有通讯,这本来就是反常的事！"池海镇说。

崔萱一拍手:"是了,他一定会在后台盯上我,看看你是不是会和我联系。"

池海镇说:"所以,你一定要表现得越正常越好。"

"是,越正常越好！"

池海镇问:"那么,你现在知道该怎么抵达二十三街区了吗？"

"知道了,我现在需要预定一个旅行线路。"

"对极了,你现在不仅要预定一个旅行线路,还要租一台老式的机械燃油车。"

崔萱笑了:"我们向西,开着老式的车,沿着 88 号公路自驾一趟,真是不错的选择。"

"最重要的是,你的通讯设备一定要交给你的同学,让他向东去,坐飞机,坐列车,走得越远越好,干扰武烈的视线！"

池海镇顿了一顿,他眼中闪烁着凶悍的光,接着说:"毕竟,我们只有三天时间,要是躲不过'狼狗'武烈,我们的计划就失败了！"

四

武烈和林子德教授正共乘一台悬浮车。作为"星辰计划"的轮值科学家,林子德教授参与到这场追缉中来,会有利于案件侦办。

林子德教授忍了很久,武烈开车的技术真的太粗糙了,差点儿把他的早饭甩出来。

"喂,警探,你是不是搞错了方向?"

武烈问:"怎么了?"

"我们现在这条路,是去东部的羁押所!"

"是的,教授。"

林子德教授有点儿着急:"我们剩下的时间不多了,我们要去抓人,要去追回数据!"

武烈笑了:"不,我们剩下的时间比你想象的多。"

"为什么?"

"敌人搞到'星辰计划'的数据,无非是想攻击'AI 审判长',对吗?"

林子德教授点头:"是的。"

"即便是拿到了'星辰计划'的数据,攻击'AI 审判长'也不是一件简单的事,他需要超级黑客,需要超级计算机。还有,在这个国家,大家都知道攻击司法系统,是重罪……"

"您说的这些,和犯罪嫌疑人有关吗?"

武烈说:"当然有关。能满足这些条件,特别是不服政府教化,敢于挑衅重罪,攻击司法系统的超级黑客,除了二十三区,哪里能找到?"

"你是说池海镇会去二十三街区?"

武烈叹气："是。但是他不会走得太快。"

"这又是为什么？"林子德教授发现自己突然变成了"十万个为什么"。

"未来特工局已经发布新闻，所有人都知道是我武烈要追缉他。"

"那又怎么样？"

"那就意味着，池海镇一定不会使用高速飞机或者悬浮车。"

"是的。"

武烈继续说："他也不会使用带有智能模块的汽车或者机车。"

"那他会怎么办？"

武烈说："他一定会租用，或者抢一台老式的机械燃油车，因为这种车没有定位系统，也不能联网。"

林子德教授感觉自己慢慢跟上了武烈的思路："所以，他们的行程会很慢，留给我们的时间没有那么短……可是，二十三街区毕竟向西，而我们现在却是在向东走。"

"谁说我们向东就不能抓住他？"

"地球自转一圈，向东确实可能能抓住他。"林子德教授陷入了思考。

武烈差点儿笑出声："我们向东，是因为崔以民的妹妹。"

林子德教授不解："这和崔以民的妹妹有什么关系？"

"池海镇脱逃后留下了案底，他已处于通缉状态。他能躲过这么多人脸识别，顺利潜进赫拉德 AI 学院，他有帮手。"

"崔以民的妹妹……是我们学院的？"林子德教授问。

"是。要查实这个，并不是什么难事。"

"那这和我们往东走，有什么关系？"

武烈说："崔以民妹妹的通讯设备，正在向东而去。"

林子德教授问："你如何能够肯定他们就在一起？"

"池海镇要躲避我的追缉，他一定会关闭所有具备通讯功能的设备。"

"崔以民的妹妹为什么却大大方方地让你追踪？"

武烈点了根烟："因为好好的一个人，突然就关闭了所有通讯设备，反而不正常。"

"所以，她必须做得越正常越好。"

武烈说："是的，她必须这样。她预订了一条旅行线路，趁着学院的假期，向东而行。"

林子德教授说："看来不用地球自转，我们也能在东边抓住他们。"

"你错了，教授。"

"嗯？"

"你知道人和 AI 最大的区别是什么吗？"

林子德教授答："'智能'可以脱离某些具体形态，那么智力可以独立于人体而存在……"

武烈截口说："不，人会'攻心'。"

"攻心？"

武烈问："你是不是以为我向东走，真是在追踪崔以民妹妹的定位？"

林子德教授不知如何回答："是的,我以为……"

武烈冷笑："池海镇不可能向东走。因为二十三街区根本就不在东边，他们这样做，只是干扰追缉者的视线，想争取时间。"

林子德教授说："我们如果选择错了方向,就将损失大量时间。"

"你终于说对了。"

林子德教授脸色变了："那我们现在岂非正是向着错误的方向在行进？"

武烈笑了："不,恰恰相反,我现在需要去一个地方,这个地方正好在东面。"

林子德教授问："什么地方？"

"您刚刚不是说过了吗？"

"我说什么了？"

"您说这是去往羁押所的路。"

"那又怎么样？"

武烈说："崔以民是以渎职触犯法律被逮捕的,而整个行动的指挥官是池海镇,对吗？"

"是的,警探。"

"那么,池海镇就应该是整个渎职决策的罪魁祸首才对。"

林子德教授点头："战场上,池海镇应该对整个决策负责。现在崔以民、曹宗宪面临刑罚,他是始作俑者。"

"可是为什么崔以民的妹妹能和罪魁祸首池海镇在同一战线？"

"您想表达什么？"林子德教授问，"这可不是斯德哥尔摩征候群。"

"对。"武烈神秘一笑，"我想，这个案件会不会还有另外的一个真相？"

五

武烈在羁押所见到了崔以民，此刻，离 AI 审判还有两天时间。崔以民和曹宗宪甚至已经放弃了聘请律师。有罪判决的结果似乎已经是铁板钉钉。

"告诉我吧，当时现场的情况。"武烈破例给玻璃背后的崔以民一根烟。

崔以民情绪低沉："有什么用，法律是没有温度的。"

武烈玩味似的琢磨着他这句话，然后扔给了他一张照片，照片上是崔以民和妹妹崔萱的合影。

"法律没有温度，那么人呢？"

崔以民拿照片的手在发抖，武烈告诉他："现在你的妹妹正在和池海镇预谋整个国家最大的罪行——操纵'AI 审判长'。"

"即便程序最后给出了'无罪'的判决，你妹妹也要成为罪犯！"

崔以民整个人崩溃了。林子德教授长出一口气，果然，人和

AI不同,人会"攻心"。

过了半晌,崔以民终于抬起头:"这场先遣行动为什么会失利?武烈,你想不想听听另一个版本?"

武烈看着他:"告诉我,池海镇是个什么样的人,你们经历了什么。"

崔以民开始回忆,他的脑波回到了当时的先遣行动之中。连接他大脑的投屏上,显示出了当时的彩色画面,画面里有池海镇,还有一片沙丘……

年轻的特种侦察兵队长池海镇有个外号,叫"烛龙"。他的肩章上顶着一条杠、三颗星星,衔授上尉,亚裔,和武烈一样,来自东方世界。

池海镇上尉的面前是一片沙丘。他带着自己的"山海经小队"已经在沙地里走了很长时间,他们在追击一支名叫"西柚"的恐怖组织。这是一场你死我活的战斗。

"山海经小队"一共七名队员,全部配备了来自"高级研究计划局"的全自主武器——"座头鲸AI敌情巡航""射手座AI轻装自动枪"。

"上尉!有发现!"崔以民喊出了声,在沙丘的尽头,有一处村落。

"打开巡航雷达。"池海镇在耳机里发出了命令。

崔以民寻找到一处掩体,打开手臂上的"座头鲸AI敌情巡航",对着村落的方向。

"嘟嘟嘟……"巡航器的雷达发出轻微的响声和计数声。

"确定是'西柚'恐怖组织的'老朋友',人数21,带有杀伤性武器……村落里,还有19名平民的生命体征。"崔以民报告。

"村落有没有被劫持的迹象?"池海镇问。

"没有,看来'老朋友们'是想藏起来。"崔以民回答。

"以逸待劳,是想伏击我们。"池海镇的面色变得凝重起来,他们的背后是残酷而荒凉的沙丘,援军还没有抵达。

池海镇一挥手,率队寻找到一处完美的掩护位置,即便敌人主动出击,也能与之一拼。

起风了,池海镇架起了"射手座AI轻装自动枪",通过瞄准镜死死盯住村落口。

在他率领"山海经小队"进行的16次反恐战斗生涯中,他总结出了一条至关重要的经验,那就是:作为先遣部队,无论如何,不能让敌人轻易摸清自己的虚实。

"山海经小队"只剩七名队员,为了穿越那可怕的"行星沙丘",他的"山海经小队"走散了部分战士。

现在敌人人数是自己的三倍,若是敌人搞清楚了双方虚实,一定会疯狂地出击,把他们整个小队都吃掉。

突然,池海镇的瞄准镜里出现了一个欧裔小男孩。

小男孩大约五岁,他追着一只羊从村落口跑了出来。眼见羊追不上了,小男孩又兴冲冲地开始追逐一只蜻蜓,他已经跑出了村子。

池海镇的AI武器连接着自己的脑侧骨,他听见AI武器发出了警告："目标区域有生命体。目标区域有生命体。"

池海镇在瞄准镜里看着小男孩，这应该是村落里的孩子，他脸上还泛着高加索沙地强烈紫外线晒出的红晕。

"山海经小队"所有人的 AI 武器都开始报警了。

崔以民看着池海镇说："头儿，不对劲儿。"

池海镇一脸冷酷，继续盯着小男孩。

匍匐在崔以民旁边的队员叫曹宗宪，他紧张起来："先射杀他。"

池海镇通过指挥器说："射杀孩童，违反战争法，要承担法律责任！"

"我们没法做出精准的判断！"曹宗宪抗议了。

"交给 AI 巡航。"池海镇信心满满。

连接"山海经小队"脑侧骨的 AI 武器开始运行，对小男孩进行评估。

"座头鲸 AI 敌情巡航"开始工作："扫描目标火力……未查知对方身上有硝酸钾以及燃烧物的气体附着。扫描目标骨骼、步态、容貌……目标不在'西柚'组织数据库中。"

崔以民出了一口气："嗯，解除怀疑。"

小男孩真是可爱，池海镇一下子想起了自己的儿子，这孩子和他儿子差不多一样的年纪。

在池海镇的瞄准镜里，小男孩已经跑上了高地，离他们不远了，他似乎在追着蜻蜓或者是一只什么不知名的昆虫。

蓦地，奇变骤生，"警告，对方疑似侦察兵！对方疑似侦察兵！"池海镇的 AI 武器猛地启动，一道蓝莹莹的电光缠绕住池海镇的手臂。

下一秒"射手座 AI 轻装自动枪"将进行自主测算风向、距离、角度，以便最快速、最小损耗地杀掉敌人。

池海镇惊呆了，对方没有火力，也不在"西柚"资料库里，难道 AI 武器出现故障了？

这天真无辜的小男孩，怎么可能是敌方的侦察兵？

可是，一旦他手上的 AI 武器做出定义，就会自动对"敌方"进行射杀。

池海镇按住了脑侧的传输器，如果 AI 武器出现误判，人类的士兵有且仅有一次机会，发出指令——"截停开火"。

他该不该拦截 AI 武器？

若小男孩是无辜的，他射杀孩童将触犯法律，接受审判；若小男孩真是敌人的侦察兵，"山海经小队"将会因误判而暴露，从而造成战斗失利，一样会触犯法律！

该不该把一切都交给 AI 来判断？

池海镇全身汗毛倒竖，他下意识地做出了一个决定。然而，他不知道的是，他会为这个决定，付出一生中最大的代价。

"砰——"枪声响彻了整个"行星沙丘"。

六

武烈已经知道了真相，他必须阻止池海镇，如果超级黑客攻击了"AI审判长",那么池海镇将错上加错!他必须以最快捷的方式,去追击池海镇租用的那台老式机械燃油车。

算着时间,池海镇应该已经抵达二十三街区了。武烈抵达的时候,已经是夜晚。

只剩一个晚上了,明天天一亮,就要公开进行AI审判,崔以民和曹宗宪的命运将被揭晓。

二十三街区很大,池海镇很专业,他关闭了所有可能被追踪的通讯设备。仅凭一个晚上,很难把池海镇揪出来。

林子德教授捏紧了拳头,手心满是汗:"这可怎么办?难道干着急吗?"

武烈摸着下巴上的胡子:"教授,我说过的事,您怎么老是忘?"

"你说过了什么?"

"我说,人和AI不同。"

林子德教授长出了一口气:"可是,你要如何在今晚找到他?"

"在拥有超高级的AI之前,人类是怎么查案的?"

林子德教授说:"这个就超出我的专业范畴了。"

武烈沉声说:"那个时候的人类,用的是最原始的方式,用摸排,用人力搜索,甚至带着警犬去搜。"

"可是这样岂非效率低下?"

武烈摇头:"原始的人力方式,往往是复杂科技的最佳解药。"

面对池海镇这样的对手追踪难度确实很大,并且,他还针对所有智能科技,有意隐匿了行踪。

武烈目光闪动,一字一字地说:"他想到了如何让智能追踪手段哑火,可是,他一定想不到,我向来只相信人本身!"

"智能可以脱离物质本身运行,可是人类本身就是智能的基础!"

"看来得回归到原始人力侦查的方法了。找人很难,可是找车就相对要容易些。"武烈说。

"是的。"于是,他们通过街区公路口的监控找到目标车辆,沿着监控路线一路追踪,发现目标车辆在街区的西角失去了踪迹。

林子德教授问:"现在目标车辆不见了。"

"不,池海镇一定不会把车辆开到作案的地点,他会把车停得远远的。"

教授又问:"他准备弃车步行?"

武烈说:"最后一段逃匿的路,一定是步行。在今时今日,使用老式机械燃油车,本身就是一种特征。"

"那我们怎么找他?"

武烈眨眼一笑:"在最后监控跟丢的地方画一个点,然后围绕这个点,找找哪些地方可以停车,他需要找一个很隐蔽的停车点。"

武烈很快搜出了附近的地图,并锁定了这附近的三个隐蔽的废旧厂房。

15分钟后,武烈和林子德教授在其中一个厂房找到了崔萱租来的老式车。

"我们接下来做什么？"

武烈说："继续画一个点，以这个车为圆点，以他最大步行的距离为半径。"

"然后呢？"

"我们挨个搜，哪里有高功率的超级电脑，哪里就可能是他的目的地。"

"挨个搜？这可真是笨办法。"林子德教授一耸肩。

武烈说："有时候，笨办法就是最有用的办法。"

夜很快过去。

天就要亮了。

池海镇此刻已经找到了他要找的人——一名戴着啤酒瓶盖般的近视眼镜的超级黑客，邋遢又超然地坐在自己的电脑旁，他正在篡改明天的股票数据。

黑客抬起了头，问："是你要雇我？"

池海镇说："是。"

"你知道雇我可不便宜。"

池海镇问："你的命值多少钱？"

黑客哧哧地笑了起来："我从来不接受威胁。"

池海镇冷静地说："如果你是受了胁迫，在法律上是没有责任的。"

"哦？听起来你要办的事，好像罪行很大。"

"罪行越大，难度越大。不是每个人都有这种机会。"池海镇继续勾他。

黑客果然被激起了胜负欲："说来听听。"

人和AI不同，人会"攻心"，池海镇的方式奏效了，他拿出了"星辰计划"的硬盘盒，一场魔鬼的交易开始了。

就在超级电脑超负荷工作发出"滋滋滋"的声音时，窗户被人猛地撞破。"池海镇，你被捕了！"武烈几乎是从天而降，他接收到了超负荷的电流声，锁定了这个房间！

特种兵池海镇反应奇快，他抓起桌上的匕首向武烈刺了过来。

二人缠斗到了一起。池海镇出手很快，武烈身上迅速被划伤，鲜血洒了一地，他施展擒拿术，死死缠住池海镇，二人滚倒在地。

一旁的超级黑客吓得呆住了，手上也停止了网络攻击。

"快！继续入侵它的系统！"池海镇看了一眼时间，马上就要庭审了，时间来不及了。

"池海镇，你知不知道你在做什么?！"武烈终于占了上风，他死死压住池海镇。

"我们没的选，我们怎么做都有罪，'AI审判长'是没有温度的！"

武烈如闻雷轰，崔以民也说过这样的话。作为执法者，他理解中的法律，应当是铁面无私、绝对正义的。

池海镇果然截停了当时的射击指令，那个村落里的小男孩是被恐怖分子逼迫的,他们在他的身上装了侦察器。小男孩"变成"了侦察兵,接近池海镇的"山海经小队",对人数进行侦察。

池海镇拒绝了 AI 武器的判断,他开枪击毁了小男孩身上绑着的侦察器,却给了小男孩自由。

他的枪声引来了村落里蛰伏的恐怖分子。

先遣行动暴露了。

池海镇、崔以民、曹宗宪三人组成的决策小组,涉嫌拒绝 AI 武器判断,因渎职造成战斗失利。

现在又到了人生抉择的重要时刻,池海镇一个翻身,匕首插入了武烈的胸口,一股死亡的气息掩上了武烈心头。太强了,不愧是外号"烛龙"的"山海经小队"队长,在《山海经》里,"烛龙"是超强的上古魔兽,"狼狗"武烈根本就不是对手。

池海镇杀红了眼,他抽出匕首,一刀,又一刀。武烈感觉自己的力气正在流失,坏了坏了,这次攒不到积分了。怎么办?他这些年疯狂地破案抓人,是因为积攒积分能解除女儿的奴籍,让她获得平等权利,上学、就业、搬离奴籍社区⋯⋯

他当年和搭档罗宾追缉一个军火走私犯,由于对方背后有财阀撑腰,追缉工作被警局高层喊停。武烈气不过,和罗宾背地里盯着不放,最终激怒财阀,被设下陷阱。武烈蒙冤被判入奴籍,搭档罗宾殉职,甚至武烈的家也遭到袭击报复,他女儿外出游玩躲过一劫,他的妻子却不幸遇难。

在武烈的内心之中,一直欠妻子一句抱歉,他愧对妻女。老上司贝利夫人找到了他,希望他能以案抵罪,解除女儿的奴籍。

"我还有这么多事要做,怎么能就这样死掉!"他突然抓住了池海镇的匕首,手掌顿时鲜血直流。他忍着剧痛喊:"你为什么拒绝 AI 武器的判断,上尉?"

"那是孩子,那不是敌人!"

"AI 判断他是'侦察兵',只要上了战场,就没有区别!"

池海镇架住了武烈的手,冷笑着说:"智能可以独立于物质,可是人类却必须要有理智和情感!"

"那你的理智呢?你现在是在犯法!"武烈忍住了剧痛。他是执法者,执法者必当有一颗孤勇之心。他大喊一声,也不知道从哪里来的力量,用力将池海镇踢了出去,自己也重重撞到了超级电脑的旁边。这神来一脚竟然分出了胜负!

武烈跟跟跄跄地走了过去,看见电脑上写着一行代码。代码已经写成了,天已经亮了,只要发送,就能篡改司法判决。他弯着腰坐了下来,用最后的力气,把电缆全部扯断。好了,管他胸前血流如注,谁也别想把代码发出去!

电视里,审判已经开始了。崔萱惊呼起来,她看到了自己的哥哥。

"有新证据——""AI 审判长"用机器的声音,高声宣布。

然后,在池海镇和崔萱惊讶的眼神里,他们看见未来特工局的女探员,领着一个欧裔小男孩,站上了证人席。

就在昨天夜里,武烈已经安排人手,找到了当时的小男孩。

武烈看着池海镇,艰难地呼吸着。池海镇的匕首插中了他的心脏,他存着最后一口气,想要给人间留下最后一句话,但该说点儿什么好？

他从兜里抽出一根烟，心里盘算了下，还有很长很长一截积分才能达标，他内心颇为遗憾，自己已经完成不了这件事了，那给女儿留句话吧，让眼前这两人帮忙转达。他吸了一口烟，咳嗽个不停，看来血已经流进肺里了。他看了看池海镇，又看了看崔萱，这两个没脑子的人还是算了。

他准备给自己来个有格调的华丽谢幕，他一字一字地说："池海镇，手下败将，把外号改一改。你现在回答老子，法律到底有没有温度？"

七

"喂，您好，请问是生命临终守护局吗？"

"是的。"

"您是第 1349 号床位的病人武烈吗？"

"是我，您找我有什么事吗？"躺在病床上的武烈一点儿脾气都没有了，他的身旁是一个倒计时仪器，上面计算着他生命还能维持的时间。他只能通过仪器将语言电波转化到对方的接听器里。

"听说是您抓住了'烛龙'池海镇？"

"那个家伙怎么还敢叫这外号?！"

对方明显没跟上，这是什么脑回路？"武烈先生，听说您受伤前，在通过办案抓人，积攒积分？"

"对，我要解除我女儿的奴籍！"

"可是您现在已经什么都干不了了，您被池海镇打伤，时日无多。"

武烈说："真是遗憾啊！还有那么多坏人等着我去抓，还有这该死的奴籍制度。"

电话那头沉吟了半晌："在这个时空里，很少有人像您一样。"

"我怎么了？"

"您相信法律的力量。"电话那头的声音充满了崇拜和肯定。

谁知武烈这浑人接不住这么正式的崇拜，他说："别扯淡，我只相信自己的力量。你是临终关怀，和我聊天消磨时间吗？"

电话那头笑了："武烈先生，我们拥有比较强大的技术，如果我们可以给您一颗强大的心脏，您可以获得更多力量，您愿意吗？"

"我不信，哪儿有这么好的事！"

"如果我们办不到，就没人可以办到了。"对方说。

"那……我需要做什么呢？"武烈有些疑惑。

"您需要在我们召集您的时候，接受我们的任务。"

"您是要从未来特工局调走我吗？"武烈有点儿没摸清状况。

"这是一项伟大的人类计划，我们可以征调任何人。"

"我愿意！只要能活过来，只要能继续抓犯人，救我女儿！请问一下，您怎么称呼？我该怎么叫您？我刚刚太冒昧了，长官，不不，我的神！"

电话那头沉默了半晌，一字一字地说道："璇玑战略司，神秘先生。"

结界师

"你知道吗,每个梦境都是平行宇宙的入口。"

"平行宇宙?"

一

滨海城的摩天轮缓缓转动,灯光点亮后形成了一个蓝紫光交替的巨环,像是某种结界,把城市和海水都锁住。海岸线那头的夕阳尚未落尽,海滨公园里灯光已经亮起,城市的华灯已经急切地上场。

一样急切的还有宋智妍的脚步。她行色匆匆,快步穿过海滨公园里一排大叶植物,径直跑到管理处。管理处的售票员戴着藏青色的鸭舌帽,帽檐压得很低。他看到宋智妍背着双肩包,穿着蓝色格子衬衫、原色牛仔裤,扎着马尾辫,从头到脚透着青春的活力。

宋智妍买了一张摩天轮的双人票,不过却独自登上了一个蒸汽朋克主题的座舱。这座摩天轮是辐条钢柱拉索回转式,高达 165 米,相当于 42 层楼的高度。宋智妍可以在座舱里 360 度观景,眺望整个城市,甚至可以远眺隔海的岛屿。

随着座舱缓缓升空,整座城市尽收眼底,宋智妍却无心观赏,她紧紧盯着公园入口的方向,满目期待。透过座舱的玻璃,她终于等来一个熟悉的人影。人影远得只剩一个小点,可是她依然一眼就辨别出了那是她的男友权宇。

权宇快步走进海滨公园的大门,他额头上满是汗,警用制式衬衫的后背已经湿了。他刚刚经历了一场很长的追逐。他腰间挂着长长的安全枪缸,枪缸上一支制式手枪尚有余温,保险绳被解开,显然他刚刚射击过,仍保持着警惕,随时准备拔枪。作为全警局最年轻的警官,他素以勇猛无畏著称。他今天抓捕的是大毒枭井岩兵之。此人从大洋对岸偷渡而来,于 20 年前扎根此处,一步步发展壮大,建起庞大的地下制毒工厂。权宇领受侦缉任务,盯了此人三年,终于把关键证据锁定,今天正是要一网打尽,可是此人却提前接到了风声,从警方布置的天罗地网中逃脱了。

宋智妍在座舱上看着权宇的身影,她紧张得手心满是汗。看着权宇冲进了树林,她意识到一个巨大的危险即将降临。海滨公园的堤岸向东,是一排热带大叶植物,顺着遮天蔽日的密林向前,是一片正在开发的湿地公园。权宇手上的跟踪器红点不停闪烁——对方在混战中被权宇打了一枪,而他的子弹里带有追踪装置,对方无论如何也跑不了。

权宇追进了密林,宋智妍在天空中看着他,她知道下一刻他将在湿地公园的转角处追到嫌疑人井岩兵之。"嘟嘟嘟

嘟——"权宇的追踪器显示目标很近了。宋智妍叹口气,她知道下一刻,井岩兵之就会冲出来,拦腰抱住权宇,攻其不备,伸手去抢他的枪,并和权宇发生一段扭打推搡……可是她隔得太远了,没法大喊示警。此时,摩天轮却不动了,宋智妍所搭乘的座舱被悬吊在顶点。

从天空的摩天轮座舱上俯瞰公园的一切,像是超空间的视角,能把平面世界都看个明白。果然,就在权宇冲到转角时,一身黑衣的井岩兵之冲了出来,他拦腰抱住权宇,伸手去夺权宇的警枪。

虽然已经提前知道了嫌疑人的行动,在天空中的宋智妍还是情不自禁地大喊了一声。她看见二人开始扭打起来,权宇抽枪的时候被对方扑倒,在混乱争夺中,警枪被甩了老远。二人变成近身肉搏,以命搏命。宋智妍大气都不敢出,她知道这番打斗的结果,可目睹自己男朋友和亡命之徒这番搏斗,她内心仍然剧烈震荡。

井岩兵之斗得发狠,双目瞪得通红:"为什么不放过我!"权宇一擦嘴角的血:"笨蛋,这不是废话吗?我是警察!"井岩兵之恶狠狠道:"你抓到我,你也活不下去!"

宋智妍心中一颤,她心中冒出了巨大的问号:为什么?为什么嫌疑人会这样说?为什么井岩兵之知道权宇也会死?

她看过井岩兵之的法医报告,在这场浴血搏杀中,权宇将以敏捷的身手获胜,他一个侧踢将嫌疑人右臂击折,然后扭身把嫌疑人过肩摔倒,井岩兵之会摔断左侧第二和第三根肋骨,并且失去反抗能力。

果然，她看见权宇和井岩兵之在斗了六十多个拳脚回合后，用一记侧踢将井岩兵之右臂击折，然后扭身把井岩兵之过肩摔倒。井岩兵之摔倒后捂着胸口，根本连站都无法站立。

宋智妍心跳突然加速，她一颗心提到了嗓子眼儿，她此番登上摩天轮，正是想要求证，在嫌疑人倒地后，到底发生了什么事。

只见权宇坐在地上，他凝聚力气想要站起，他右手流着血去摸腰间手铐，还差最后一步了："笨蛋，你刚刚说什么？我抓住你我也活不了？你准备把这句当法庭陈词吗？"

权宇大口喘着粗气，刚刚的打斗他也负了伤，宋智妍也看过他的法医报告：九处挫伤，两处开放伤口，眉骨折断，近距离中枪……他向来是警队里搏击训练的佼佼者，足见此战对手之凶悍。

她看着权宇负伤的样子，又心疼，又害怕。蓦地，她看见在密林后闪出一个矮小的人影，是队长黄煜来了。他捡起了权宇甩落远处的枪，走了过去："权宇，交给我吧。"权宇把手铐递给了黄煜。

宋智妍忽然明白了一切，以她作为警察的本能，她意识到了问题之所在。"权宇，小心！"她大声喊，不顾一切地用力拍打玻璃，座舱发生剧烈摇晃。她看见黄煜向井岩兵之走了过去，恰好挡住了权宇的视线。在超空间视角下，嫌疑人井岩兵之和队长黄煜间的眼神交流暴露无遗——他俩是一伙儿的，井岩兵之在当地扎根多年，经营毒品而不被法律打击，一定有人当他的黑伞!

宋智妍哭了出来,该怎么办?该怎么才能提醒权宇,怎么才能救他?她从背包里抽出了随身的多功能手电筒,用力砸玻璃,像是忘记了自己已经处在摩天轮的顶点之上。玻璃发出巨响,爆裂碎开,静止的摩天轮突然颤抖起来,像是被惊动的蛰伏巨兽,咆哮着晃动身体。宋智妍只觉天旋地转,在座舱里急速堕落,这失重的感觉像要将她的头皮撕开。

戴着藏青色鸭舌帽的售票员抬头看了看摩天轮,心想,又要坍塌了,这冒失的女主顾,真是怎么教都教不会。宋智妍知道自己又犯规了,结界师告诉过她,无论看到什么、发生什么,都不可以破坏摩天轮。可是,她却抑制不住自己激烈而澎湃的情绪。眼睁睁看着挚爱死在自己面前,比一纸法医证明递到自己面前,要绝望得多!

一声巨大的轰鸣声,响彻整个海滨公园,远处的权宇、井岩兵之、黄煜三人却浑然不觉。随着摩天轮的坍塌,宋智妍眼前的世界开始迅速解体,映入她眼帘的最后一个画面,是队长黄煜转身向权宇开枪。这一次,她终于看清了真相。

"权宇!"宋智妍流着泪呼喊着,她伤心欲绝,一种巨大的重量压住了她,压得她喘不过气,压得她睁不开眼。

二

"智妍警官,该醒醒了。"宋智妍被唤醒的时候,眼角还淌着泪，她睁开眼睛看着这个陌生又熟悉的世界，天花板吊顶上的北欧风麋鹿装饰，橡木的边角走线，还有灰白色砖块布置的壁炉，棕色和森林绿色相间的毛毯正暖暖地盖在她的身上。在她的手边，垂落着一张电子报纸，报纸上跳动着近日的大新闻——《警局新星追击毒枭，殊死搏斗同归于尽》。

她长长的睫毛上凝着泪珠，隔了一阵，视线才慢慢聚焦，勾勒出梦境里摩天轮售票员的脸。那是一张戴着藏青色鸭舌帽的脸，帽檐下的面容颇为年轻，有着光彩照人的少年感。他叫唐安，是警局的心理咨询师。

宋智妍甩了甩脑袋，发现依然无法从坍塌感中脱身而出，直到唐安递给了她一杯拿铁，半糖、去冰、巴旦木奶、脱脂，所有都是宋智妍喜欢的口味。

唐安的声音很沉稳，他问："智妍警官，您看见了什么？"他本能伸手想要去帮宋智妍擦眼泪，到了半途又停住。

"我是进入了……循环梦境吗？一次，两次，三次……"

唐安叹口气，说："智妍警官，您相信有超维度空间吗？"

"我……"她想说不信，可是刚刚经历的三次梦境却不由得她不信。

唐安换上白大褂，戴上厚厚的眼镜，他把鸭舌帽摘下，挂到衣帽架上。他头发有些长，倔强地伸出帽檐的碎发，给他增加了一些文艺范儿。

宋智妍看着唐安，希望他能解释一切。唐安缓缓地说："时间在牛顿那里是一支射出去的箭，可是在爱因斯坦那里却是可以流动的河流。我们现在生活的世界是一座舞台,而广义相对论允许有暗门的存在,然而这些暗门不是引导我们进入舞台的道具间、休息室,而是引导我们进入和原舞台一样的平行的舞台。"

宋智妍问:"唐医生,您是说平行世界吗?"

"是的。多世界理论已经被广泛接受,百年来的物理学家、天文学家都在努力寻找平行世界的入口。虫洞、史瓦西半径、黑洞桥……"

宋智妍有点儿迷糊,问:"我经历的这些,感觉像是时间倒流……"

"1937 年,范斯托库姆发现了爱因斯坦方程的一个解,他计算得出,一个无限的圆柱体以接近光速的速度旋转,它就会带动时空结构和它一起转动。可是,我们刚刚所做的,并不是时间倒流,而只是在一个类似的四维空间,观察另一个世界……"

"唐医生,您是说……您领着我,进入了一个第四维度?"

"是的。多元世界是各式各样的,也包括悬浮在当前世界之上的高维度空间,它不在别处,就在我们头顶,可以用全知的视角观察低维度空间,就像您坐在摩天轮之上一样,而那里有新的物理法则。"

"唐医生,我突然发现您今天有些不一样。"

"您不信我说的这些,是吗?"

"这些……有过验证吗?"

"智妍警官,高频共振器、大型强子对撞机、桌面加速器等等仪器,都已经间接验证了宇宙弯曲理论和多维空间学说。"

"这些和您有什么联系呢？您是如何做到的？"

"您就权且把它当成是一场梦境吧。"唐安最后一耸肩，"我也不知道为什么我能做到，我在某天一觉醒来之后，就发现自己具备了这项奇怪的技能。"

"催眠吗？"

"不，这个奇怪的技能，是在别人脑中营造摩天轮，而坐上这个摩天轮，就能观察平行世界。这个摩天轮就像是一种结界，我也没有尝试过打破这个物理法则，我怕这就是平行世界的入口，一旦过去了，就回不来。毕竟史瓦西半径理论告诉我们，从单向进入黑洞，就不能原路回来，因为已经经历了一个事件穹界了。"

"唐医生，您是心理咨询师，为什么会懂这些？"

唐安开玩笑似的拍了拍自己的脑袋："我这脑袋里装着一个数据的世界。这个，以后再细说吧……"

唐安是几年前来到滨海警局的，他在这里有着很不错的人缘，权宇和宋智妍都是他的好友。他的职责是为冲锋陷阵的警员们提供心理抚慰。要知道，追击犯罪、侦破命案是一件终生与灰色元素打交道的事，时间久了，就会引起心理问题，所以警局设置了专门的心理治疗室，聘请心理咨询师来做疏导。

局里的心理咨询师像走马灯一样更换，直到唐安应聘过来，情况才得以改变。他抚慰开导人很有一套，只需要催眠一次，被开导的对象就能把负面情绪全部甩掉，然后整装待发，继续冲锋陷阵。所有接受催眠的人醒来后，都无法想起梦里的场景，可是每个人都记得梦里有一个摩天轮。唐安的治疗绝对不允许对象在梦中保持觉知，唯有宋智妍是例外。

那一次，宋智妍来找唐安，向他哭诉因失去挚爱，心理出现问题——沮丧、悲伤、绝望。她向唐安提出了一个要求，想在梦中见一次权宇。

唐安当时有点儿犹豫，但与宋智妍经过一番激烈讨论后还是答应了她："不过说好了，您可以在梦中保持觉知，可是却不能触碰摩天轮上的东西。"

于是，宋智妍第一次入梦了，她看见权宇追击嫌疑人，二人发生打斗，她忍不住用力敲打玻璃窗，想要破门而出去帮忙，结果造成了摩天轮结界的坍塌。

第二次，她进入结界的时间提前了一些，在摩天轮上等了大约三十分钟，才看见权宇追击嫌疑人。最后在权宇击败嫌疑人的那一刻，她因为时间耗尽而提前醒来。她一头雾水，为什么权宇还是死了？

她央求售票员再卖给她一张摩天轮的票，她想再一次升到空中。

她第三次进入梦境，终于看见了真相。真相有时出人意料，真相有时过于伤人，那种目睹挚爱死亡却无能为力的绝望真是让人窒息！宋智妍的情绪彻底崩溃了。

唐安在结界启动前，就告诫过宋智妍："您想再见一次您挚爱的人，这确实是人之常情，可是在本来的世界里，他不在了就是不在了,这种落差会在您清醒后被极限放大,让您痛苦不堪……"

宋智妍摇着头:"不行。我不相信这个调查结果。"

唐安问:"为什么不信?"

宋智妍说:"他答应过我,无论如何都会回来。"

"不是每次出走都能回来的。"

"可是我感觉,他的死就是有问题!"宋智妍斩钉截铁地说道。

"您觉得有问题可以重新启动调查。"

"我已经试过了,我已经什么法子都试过了。队长黄煜、局长韩筱明把所有意见都挡了回去……我已经穷尽了所有办法。"

权宇殉职后,宋智妍对案件结论提出了疑问,她倔强地向上级提出重启调查,却被一一驳回。她在自己的房间里瘫坐着,看着和权宇的合照,时钟的指针枯燥地走动,电台里播放着旧时光的歌曲。

她猛地想起了唐安。在她的记忆中,一直有个声音告诉她,唐安是唯一可以信任的人,过去也对她施展过"时光倒流"般的催眠。

唐安问:"您怎么知道我能把您带回去?"

宋智妍说:"唐医生,我曾经在您这里做过六次心理疏导,每次您都让我回到了大学时代,我每次都感觉到那些场景无比真实……就像是时光倒流。我虽然不知道原理所在,可我相信您一定能帮我！"

　　唐安问："您为什么会这么信任我？"

　　宋智妍答不上，她从第一次见到唐安，就觉得已与他认识了很久。奇怪的是，每次从他的心理疏导课程中出来，她对他的信任都会倍增。权宇曾经吃过一次醋，问宋智妍是不是"上瘾"了。宋智妍甩了他一记爆栗："亲爱的缉毒警官，您是随时犯职业病啊。"

　　唐安一摊手："所有人都不会记得在我这里做过的梦，唯有您是例外。"

　　宋智妍问："为什么？"

　　"以后您就会知道了。"

　　"那我现在恳求您，把我再次带进梦境里。"

　　唐安沉默了半晌，说："智妍警官，我以前让您保留梦境里的觉知，是希望您能快乐，而这一次您追着悬案而去，一定会非常痛苦。"

　　"我不在乎，如果您深爱一个人，就会理解这种感受。"

　　唐安闭上眼，神情无限悲戚，他喃喃地说："如果我深爱一个人，我就会理解……"

　　他一挥手，宋智妍倒在了木椅之上，摩天轮平地升起，通往平行世界的结界形成，他坐到了售票处的位置上，看了看周围的环境，果然是权宇最后追击嫌疑人的地方，宋智妍是铁了心要把权宇的死因搞明白。唐安压低了藏青色的鸭舌帽，他看见宋智妍从远处跑了过来。

摩天轮开始旋转。

三

队长黄煜走在阴冷的大街上，他穿过第十二街区转角，走过一家情绪售卖店。橱窗里一排罐装的荧光气体，在橙色的灯光下给了夜晚一丝暖意。情绪可以量化，也可以制造，岂非就和毒品一样？

他在玻璃橱窗面前驻足数秒，确认身后没有盯梢者之后，这才迈步走向巷道深处。他在一处棕红色的木门前站定，掏出一枚钛金属雕花打火机，打响一下，熄灭一下，如此往复三次。棕红色木门半掩半开，一个黑色皮肤、身高近两米的壮汉迎接黄煜入内。

只见一条光怪陆离的镜像走廊出现在面前，黄煜走在前面，壮汉走在后边，像是跟班。二人走了半分钟左右，黄煜在一扇铁门面前停下，虹膜扫过，确认身份，门打开了，里面的富丽堂皇足以让所有人瞠目结舌。一张来自巴西的红木大板长桌上，堆满了各种装着情绪的器皿，大毒枭井岩兵之正在与各色女郎鬼混。

黄煜走上前去，掀翻了桌子，重重扇了井岩兵之一个耳光："笨蛋，别吸了，快醒醒！"

井岩兵之起身就要和黄煜厮打，黄煜拔出配枪，顶住他的脑袋："我可以打死你一次，也可以再打死你一次。"

"你把这个世界的井岩兵之打死了，我就是这个世界的井岩兵之。他和我不同，在这个世界里，他有很大势力，可不像我，就是只老鼠……所以，若我接替他的身份，有的是法子剁碎你喂狗！"

黄煜翻了个白眼："我已于几天前发布你和权宇警官的死讯，尸体也经过法医检查。你做什么大梦，怎么接管这个世界井岩兵之的一切？"

井岩兵之药劲儿还没过："你发布？嘿嘿，好正式的口吻，官味十足，你是不是忘本了？黄二麻子，你以为你真的是黄煜警长？"

黄煜瞪着他："这些话也说得？你是不是把老板的规矩都忘了！"

井岩兵之似笑非笑地看着黄煜："黄二……不，黄队长、黄长官，你杀起人来可真狠，不知道老板有没有见着你杀'他'的样子。"

黄煜闻言松了手，面露惧色，井岩兵之笑了："有话好好说，大家一起发财，都在一条船上。"

"我今天来，要见老板。"

井岩兵之道："老板今天不在！"

黄煜一脸严肃："昨天那批货丢了。"

"什么？你亲自护送过去的货，也会丢？你不是自己吞了吧？"

黄煜面无表情地盯着他："笨蛋！你想清楚再说话，再胡言乱语，我送你上西天！"

井岩兵之大大咧咧地靠在沙发上,挥手把所有女郎和手下都赶走。

黄煜一屁股坐下,怒气未消:"我亲自送货过去,差点儿回不来!"

"回不来就回不来啰,79号世界多一个黄煜队长,有什么关系?"

"井岩你个猪头!你没有发觉有问题吗?这阵子我们的货都会出问题。46号世界、35号世界、99号世界,我们连续三次在交易的时候被警方捣毁。再损失下去,老板要干掉咱俩!"

井岩兵之道:"怕什么?有的世界这种事是允许的啊!"

"可是老板不满足于只在这些'特殊法域'散货!"

井岩兵之不笑了:"老板的胃口越来越大了,还是以前的时光好,我和你,咱们哥儿俩,就在滨海做点儿'买卖',自从遇到老板之后,我们才发现可以把药丸卖到平行世界去。"

井岩兵之和黄煜是老朋友了,两人一起混社会。那个世界里的黄煜只是个小混混,外号黄二麻子,跟着井岩兵之偷鸡摸狗,直到有一天遇到了那个神秘的老板。老板有个奇特的能力,可以打开平行世界通道,于是黄二麻子和井岩兵之等一众马仔,开始充当多元世界的贩毒老鼠,为神秘老板带货,接受老板的盘剥。

黄二麻子第一次带着毒品来到这个世界时,被一名警察追缉,他在惊慌失措中发现,在这个世界里,自己竟是一名警察,追自己的就是自己!而同为带货老鼠的井岩兵之,却在这个世界里成了老大。

老板指示黄二麻子，杀掉这个世界的警察黄煜取而代之，大家以后就在这个世界落脚，有警察身份就太好办事了。

三人经过一番设计之后，以井岩兵之为诱饵，引黄煜率队前来抓捕，在一次袭击之后，黄二麻子取代了这个世界的黄煜。

杀自己的感受是怎么样的？黄二麻子每天晚上都会做噩梦。

井岩兵之多次揶揄他："二麻子，你现在不一样了，以后要穿得整洁一点儿！"

"黄煜警官"开始接触这个世界的黑老大井岩兵之，和他勾结在一起，利用他的势力制毒、贩毒，而外来世界的井岩兵之和老板则隐于幕后，指挥带货老鼠散货。老板对这个世界的黑老大井岩兵之很满意，此君与自己麾下这个混混出身的二货格局大为不同，很守规矩，只管加工生产、回收现金，绝对不问黄煜如何出货，也不问背后的散货渠道。

这一疯狂的格局维持了一段时间，黄煜当上了队长，带出了两个徒弟，一个叫权宇，一个叫宋智妍。

权宇是个好警察，他盯死黑老大井岩兵之不放，于几天前率队拟将其制毒团伙一网打尽。为了阻止追捕，黄煜不得不开枪打死了权宇——但是，他为什么要开枪打死黑老大井岩兵之？

井岩兵之看着他，像是把这个混混出身的多年小跟班一眼看穿："浑蛋，你是想造反。"

四

宋智妍又出现在了摩天轮上。这一次却不是她一个人独自搭乘摩天轮,她的对面还坐着唐安。

"我在梦境里看见的, 是另一个平行世界吗? 在那个世界里,黄煜开枪打死了权宇和井岩兵之,那在我们这个世界里,也是一样的吗? "

"平行世界之间发生的一切,可能不同,也可能相同! 同样的人在十字路口向左或者向右, 都会引发整个后续剧情的变化。"唐安缓缓说道,"在有的世界里,权宇提前接到了示警,甚至反击抓住了黄煜……您要找真相,我只是把最接近眼下世界的平行世界找出来,要知道,世界一旦搭建,就会沿着它自己的因果轨迹,平行发展。"

"也就是说我看见的那一幕, 实际上是和眼下世界最为接近的另一平行世界?""是。""那我们现在要等什么呢? "

唐安说:"我想亲眼来看看,这两个相近的世界里,到底是什么'因',发展出了黄煜打死权宇的'果'。"

摩天轮缓缓升空,唐安和宋智妍极目远眺,海水澄净,像是一块湛蓝的宝石。海水之上可见鲸鱼翻侧,海鸥追着鲸鱼跑,在水里点出激烈而欢快的浪花。

海风吹动宋智妍的头发, 幽兰般淡淡的香味让人心旷神怡。唐安看着她,眼里满是温柔。在唐安的内心深处,一直想与宋智妍单独相处，这对于他来说，是多么可望而不可即的事。在现实中，他一直没有勇气，而今天能在超空间的摩天轮里实现，也算是了却了心愿。

宋智妍忽道："唐医生，我……我们以前是不是认识？"

唐安摇头："我们不认识，但是您很像我过去的一位老友。"

宋智妍没说话，她满是疑惑地看着唐安。这种感觉太奇怪了，她每次进入唐安的摩天轮里，都会有一种异常的熟悉感。

唐安说："我给您讲个故事吧。从前有个只会打杂的小警员，他叫小土豆，在滨海警局从事数据维护工作，很不起眼儿，只有他的一位姓宋的学姐关照他……"

宋智妍笑道："这叫什么名字！小土豆？"

"姑且给这位小角色一个名字吧。"唐安笑着，接着讲，"突然有一天，滨海警局接到一起惊天大案。有着人工智能之主称谓的艾尔智能集团总裁高智斌从瑞典回国途中，无人汽车的人工智能失控，反噬其主，车毁人亡。在死亡前最后一刻，高智斌通过随身腕表重置了'魔镜计划'的数据库密码，并将腕表扔出车外。"

宋智妍道："您说的是很多年前的那位科学奇人高智斌？"

"是，正是他。在您来滨海警局之前，他就和滨海警局有着千丝万缕的关联了。"

"好的，我认真听着。"

"高智斌案件发生后，警员小土豆突然就受到了领导的重视，他领悟到了大数据侦查的奥秘，运用大数据画像，分析出了嫌疑人的体貌、年龄、心理、健康状况、衣着打扮、躲避地址……他的学姐也逐渐对他倾心——他突然走上了人生高光时刻，事业、爱情、名气都收获了。"

"嗯，听起来很像有主角光环。"

"是的，在强大的主角光环之下，小土豆和他的学姐前往艾尔智能集团所在的摩天大楼调查案件。当时一款具有独立思考能力的人工智能'贝壳'绑架了整栋大楼，要求警方交出高智斌的腕表。失控的人工智能定下游戏规则，指名道姓要求这位小土豆出战，并且必须在三个小时内破解'魔镜计划'的密码，否则将炸毁整栋大楼。"

宋智妍一声惊呼："我们滨海警局竟然办过如此大的案件，我竟然不知道！"

唐安接着讲："小土豆和学姐抽丝剥茧，几经辗转，最终锁定攻击高智斌无人汽车的幕后凶手。正当他以为破解了数据库密码时，才发现'魔镜计划'的真实面目。"

"等等，我有一个疑问，为什么嫌疑人会指名道姓选择这位……小土豆？"

唐安看着她，目光里满是赞赏："您看到了问题的关键。是啊，为什么是他呢？为什么这个不起眼的小人物，突然就逆袭了呢？"

"就好像事先写好的剧本一样。"

唐安叹气道："'魔镜计划'源自20年前高智斌与女友苏婕的一场生死绝恋。一场突如其来的疾病，令高智斌失去了女友。

高智斌为了抚平伤痛,开发了一个镜像世界,交通事故受伤垂死而尚未向心仪女生表白的大学生小土豆,和高智斌做了一场魔鬼交易,成了高智斌的'镜像世界实验'的'初代机'。在镜像世界里,每个人都可以主导自己的剧本,弥补现实的遗憾,去见想见到的人……"

宋智妍愣愣出神,她想起了权宇,喃喃道:"去见想见到的人……"

唐安话锋一转,问道:"如果是您进入了这样一个什么都能实现的世界,您会怎样?"

"我……我想我多半不愿再醒过来。"宋智妍长叹一口气。

"是的。只因您在现实中失意,在镜像世界里得意,逐渐就会依赖这个虚幻的世界。但是,'魔镜计划'随后被不法分子利用,成为比毒品更具成瘾性的致幻剂。"

宋智妍道:"那位小土豆,实现了事业、爱情、名气的丰收,戴上主角光环,这些都是他自己的镜像世界? 所以,他一直都只是躺在病床之上! "

唐安面露痛苦之色:"正是。当他以为自己一切圆满的时候,他才发现自己原来一直处在镜像世界之中。"

"如果我没猜错,高智斌按下腕表,是想鱼死网破,指示'初代机',也就是这位小土豆,去镜像世界里关停它! 而那失控的人工智能不过是引导他的情节。"宋智妍明白了高智斌的用意。

唐安叹气道:"小土豆最终找到了高智斌藏在镜像世界里的'归零按钮',只要他按下它,整个镜像世界就会崩塌,所有沉迷的人就会醒来。"

宋智妍听得大气都不敢出："他会怎么做？"

"他突然面临人生的两难，如果要拯救世界，自己则会消失，失去现在的一切，回到病床上；如果继续沉睡，犯罪将会继续，而他在这个镜像世界里，是一名警察！"

宋智妍看着摩天轮外的世界，万籁俱寂，整个海滨公园里安静得只听得见风声。她此时此刻身处的世界，何尝不是又一个镜像？

二人无话良久，宋智妍鼓起勇气问："那我想问，这位小土豆最后是怎么选的？"

唐安淡淡一笑，举重若轻道："他说他是一名警察。"

"那他的挚爱呢？他不是因为尚未表白心有不甘，才接受了高智斌的实验吗？"

"他在镜像世界里，向他的学姐表白过了，他学姐在消失之前告诉他，一定要醒过来，去找她！在真实的世界里见一面，在阳光下见一面！"

宋智妍眼角闪烁着泪光。这真真假假虚虚实实的人间，也许唯有真情可以穿越时空和宇宙。

"那他最后醒过来了吗？"

唐安不说话了。座舱已经升到了摩天轮的顶点，时间定格下来，彼世界的齿轮开始旋转，他看见地面上出现了一个小黑点。"快看！"那是队长黄煜，他在权宇追击嫌疑人进入公园之后，也出现在了公园门口，他身边站着——井岩兵之。

宋智妍打了个激灵,她从座舱的一侧跳到另一侧,看向权宇追击的方向。这是什么样的灵异画面!黄煜旁边站的是井岩兵之,那权宇追击的是谁?

权宇追击的竟然也是井岩兵之!

"唐医生,这是怎么回事?"

二人正发呆之际,权宇已经追上了井岩兵之,黄煜也追上了权宇。宋智妍依然按捺不住,猛地拍打窗户:"权宇,有危险!"

唐安一把拉住了她的手,他发现她的手很冷,他抱住她的头,遮住她的眼睛,不让她再次目睹绝望的画面。

"砰——"枪响了,黄煜开枪打死了权宇,却突然抱住了脑袋,蹲了下去,不停发抖。"嘿,黄队,真有你的,谢啦。这批货多亏了你……"井岩兵之喘着气,庆幸自己的"卧底"赶到了。

片刻之后,黄煜站了起来,神情古怪至极,他看了看周围,确定没有任何人可以看见,接着他举起权宇的枪。"喂喂……黄队,你要干什么?!"井岩兵之不停挣扎,可黄煜还是一枪打死了他。

两声枪响过后,公园沉寂下来,海风听不见,海浪也听不见,黄煜大口喘气,胸口不断起伏,空气里弥漫着一种诡异的气氛。唐安闭上眼想了想,明白了一切。他拉起宋智妍,沉吟半晌:"跟我来,我们去挖出幕后黑手!"

五

黄煜和井岩兵之一言不合就在秘密会所里打了起来。

这个混混出身的小跟班已经习惯了当人上人,此世界的井岩兵之有着完整的制毒工厂,他只要杀了此世界的井岩兵之,将工厂接管过来,就能和彼世界的幕后老板讨价还价,甚至可以平起平坐!

老板说过,这世界上有两样东西不能直视,一个是炽烈的太阳,一个是人性贪婪的欲望。

井岩兵之和黄煜打得天翻地覆,弹壳跳动着,落到方口的洋酒杯里,冒着烟炸裂,发出滋滋的冒泡声,像是打翻了一瓶欢快的可乐。

二人皆是亡命徒,动起手来哪里有半分优雅的样子。他们在会所里开枪互射、互殴、互咬,所有手下和女郎都吓得从门禁逃了出去。

"停——都住手!"一声命令从门外传来。"老板!"井岩兵之闻声率先跪倒。门禁次第打开,一群黑衣人冲了进来,擒住了井岩兵之和黄煜,两人像鸡鸭一样被拎起。一名身穿礼服、戴着金色面具的男子从黑衣人人群中缓步而出。

"老子还没咽气,你们两个狗东西,咬什么咬?!"隔着金色面具,众人也能感觉到老板的恼怒。丢了几次货,现在还想造反!

黄煜低下了头,老板强大的气势将他压得喘不过气,他终于意识到自己想造反的想法是何其幼稚。老板说话很慢,带着威严。"你刚刚说——前几次送货有些问题?""是、是的,老、老板。"

"为什么不是你的能力不行?""因为我们的计划都很周全,像是有人提前知道了我们要穿进 46 号世界、35 号世界、99 号世界……我怀疑有人盯上了咱们！"

老板沉默了片刻，他意识到了问题所在，有人看穿他的时空穿行，也盯上他了。"笨蛋，被人盯住，你还敢来这儿！"

老板准备马上撤走，他从旁边手下腰间抽出手枪，准备将黄煜和井岩兵之灭口。

在此世界的据点不能要了，必须再找一个据点。天台上布置有老板的穿行机器，天台中心安放着一个圆柱形玻璃飞船，约有一人高。范斯托库姆发现爱因斯坦方程的一个解，从而计算得出一个无限的圆柱体以接近光速的速度旋转，它就会带动时空结构和它一起转动。老板具有"坐标系拖曳"的特殊能力，他一旦进入如此特殊的圆柱体，就能产生接近光速的相对旋转，从而打开一个平行世界入口。

"砰——"枪响了，是警枪示警。

"不许动，我是滨海警局警司宋智妍，马上放下武器。"宋智妍带着警察冲了进来，与唐安所料一点儿不差，双方开始交火。老板在众人掩护下，一边还手，一边往天台撤离。天台的风很大，不知何时乌云已经布满了天空，蓝色的闪电在云层里翻滚，末日般的既视感压迫着冲上天台。

马仔的火力压制了警方。宋智妍躲在掩体后，眼睁睁看着老板跳进了圆柱飞船："怎么办？这家伙要跑！唐安你在哪儿？"

飞船开始通体发光，电能迅速灌注到了柱体里。老板长舒了一口气，终于可以脱身了。正当他沾沾自喜之际，猛地发现天台边上坐着一高一矮两个人影。两人中间摆着啤酒、饮料、小吃,像是在消遣着时间,又像是故意在这里等他。

矮的那人指着飞船说:"神秘先生说不让他走。"高个子正是唐安,他说:"是的,小山,有你帮忙,自然雷暴可以干扰他的坐标系拖拽。"这名矮个儿的少年名叫韩小山,他比多年前加入封神阁计划之时已经成熟了许多,个头儿也长高了些,不过比起身旁的唐安,还是瘦小了些。

受神秘先生指派,调查有人在多元世界里贩毒一案的唐安,在46号世界、35号世界、99号世界里,提前破坏了对方的散货活动,敲山震虎,等幕后的黑手露出马脚。

而唐安在摩天轮上看到了同一时空里出现了两个井岩兵之,察觉到幕后这个可以穿行时空的人,一定就在此世界的黄煜身后!黄煜的表情贪婪而复杂,他枪杀权宇是为了逃避法律打击,可是他顺带枪杀井岩兵之就耐人寻味了。

唐安根据多年的心理分析经验,稍稍分析就知道,黄煜很可能就要去见背后老板,去摊牌,去讨价还价,只要在此世界里盯住黄煜,就能找到多元世界的破坏者。

韩小山说:"他走不了。"他说出这话的时候,天空中的云层更厚了,雷电在云中穿行得更快了。

戴着金色面具的老板骂骂咧咧:"在低维度世界的人,怎么可能逮住超维空间的老子!来人,先干掉这两个神经病。"

雷暴空降而下,飞船立即停摆。老板傻了眼,他掏出手枪,拉开玻璃门跳了出去,准备先解决韩小山。"唐安,交给你,打架这事我不会,你找武烈啊!"

唐安迎了上去,一个闪身避过子弹,然后纵身扑了过去。在扭打中,老板的手枪甩得老远,局面立刻变成近战肉搏,对方一拳轰出,不待力量变化,忽从右侧变了方向,唐安低头躲闪,不忘挥掌还击,不料对方格他手掌,立马就要缠住他的手臂,转而施展摔法!

　　好快的反应!这么快的手速倒让唐安着实吃了一惊。他过去在警校里也学格斗,但和对手比起来,感觉不在一个层次。他凝神而动,斗了片刻,发现这金面老板拳脚精准,通臂、直拳、过肩摔、拦腰摔、击腹别臂……招招老练,确然训练有素!

　　宋智妍终于解决掉了一众马仔,她冲了上去,想要协助唐安,却猛地察觉异样:此情此景,就像她在摩天轮上所见之权宇和井岩兵之相斗!这老板的身手动作,她熟悉得不能再熟悉。

　　就在宋智妍犹豫这一瞬,唐安已经扣住了老板双臂,老板向后仰坠,面具脱落,他一个翻身双腿盘住了唐安的颈项,二人以柔道互锁之技互拼,竟然呈僵持之势!宋智妍举起了枪:"住手!"

　　老板抬起了头,喊了一声:"是我。"

　　宋智妍全身一颤,那面具之下,竟真的是权宇。

　　她终于又见到了挚爱的人,她日日夜夜做梦都想再见到他。

　　"开枪啊,他不是权宇!"唐安喊。

　　宋智妍手中的枪在不停地颤抖,她一时失去了理智,权宇那熟悉的脸庞出现在面前,是那么真实和亲切。

　　"他不是这个世界的权宇!这个世界的权宇已经死了!"唐

安感觉自己就快要窒息了,他嘶声喊。

穿行而来此世界作恶的幕后老板竟然是彼世界的权宇。

老板大声喊:"我是权宇,我是! 开枪打他,干掉他们,我们重新开始!"

宋智妍歇斯底里地大叫,"死而复生"的挚爱出现在自己面前,她如何下得去手?

天空急降骤雨,刚刚韩小山召唤来的云层开始爆发出激烈的情绪,雨水如注,把天台的人影浇湿。

纠缠打斗的唐安、权宇,举枪站着的宋智妍,三人的命运又纠缠到了一起。

"快,打他,我们一起离开这里。"老板看透了宋智妍的软弱。这个世界的权宇已经死了,现在面前的权宇能不能替代他?

骤雨惊雷之际,宋智妍耳边响起和唐安的对话:

"只要他按下它,整个镜像世界就会崩塌,所有沉迷的人就会醒来……"

"如果要拯救世界,自己则会消失,失去现在的一切,回到病床上……"

"如果继续沉睡,犯罪将会继续,而他在这个镜像世界里,是一名警察!"

"那我想问,这位小土豆最后是怎么选的?"

"他说他是一名警察。"

宋智妍举起了枪。

雨下得更大了。

一阵雷电闪过,映出她俊秀而坚毅的脸。

这一次,该她来选。

六

在追踪黄煜的路上,宋智妍接着追问唐安:"小土豆后面怎么样了?"

唐安说:"他呀,他在病床上,听到了一个奇怪的声音,有一位叫神秘先生的人唤醒了他。因为他救了沉迷的众人,所以被吸纳进'封神阁计划',他醒过来之后,发现自己大脑里的'初代机'更加强大,他从此有了营造这座摩天轮的能力。"

宋智妍又问:"那他后来醒了之后,找到他挚爱的学姐了吗?"

唐安说:"在他的那个世界,没有。于是他穿行到了这里,遇到了一个和他学姐很像的人,可是她却不认识他,这也不奇怪,平行世界里的她也可能根本就没有成为他的学姐。"

宋智妍问:"那这位女士后来怎么样了?"

"后来呀,她进入了滨海警局,遇到了自己的挚爱与搭档权宇,小土豆找也找累了,于是决定不走了,守着她。他虽然没能给她穿上婚纱,起码也想见证她穿婚纱的样子。"

宋智妍不觉眼角有泪,问:"那个人是不是你?"

唐安看着宋智妍,说:"对,那个人就是我。"

人不能穿越时空,爱却可以。

微量猎人

你想不想回到过去，跟他说一声对不起？

一

曾阿生头很疼，这已经是他第一百一十三次犯头疼了，他昨天整晚都睡不着，所有止疼药都试过了，依然不见效。家里的猫都睡着了，可他还睡不着。苦苦撑到天亮，他便要去卢丽安医生那里。

在他模糊的儿时记忆里，好像他父亲也有这样的头疼，而且发作得比较频繁，他可不希望自己变得和父亲一样。他父亲很暴戾，除了钻进实验室，就是狂躁地殴打他和妈妈。

曾阿生在堆积成山的衣物里找出了一条宽松的破洞牛仔裤，他记不得这是他什么时候买的了，又抓出了一件黑色夹克，夹克的肩有点儿宽，也不知道是别人的衣服，还是他突然暴瘦，以至于衣服不合身。他个头很高，身形很瘦，整个人像根筷子一般。他面容枯瘦，五官立体，胡楂稀稀疏疏，眉毛也稀稀疏疏，却紧皱得像把锁，这是因为头疼发作令他太痛苦了。

曾阿生背有点儿弯,走路却不慢。他上街的时候,阳光像箭一样穿过高楼与高楼之间的间歇,充足的光亮并不能撑满整座城市,相反却衬得它空空荡荡。城市里已经没有多少人,宽阔的马路上已经很久没有小汽车行驶。猫和狗正穿行红绿灯,人行道两旁长出了一红一绿两簇植物,深红的一簇是红叶石楠,亮绿的一簇是金叶女贞,这在过去是好养活的植物,常用来作为市政路旁绿化。植物丛中暴露着不知是动物还是人类的骨头,市政还来不及分配人手去清理它们,只能暂时遗留此处,任其暴晒。

　　医院旁边商业大厦的玻璃反着光,写字楼却整层整层的空着。医院也很冷清,全息投屏上显示着今天坐诊的医生动态,可是进门左手的所有诊室都是空着的,既没有医生,也没有病人。医院外墙是米白色的,里面的墙是海蓝色的,环绕广播里播放着《圣托尼海》,声音懒懒散散,平添了静谧。

　　卢丽安医生今天坐诊,她过去接诊过曾阿生三次,今天她见到曾阿生的时候,惊讶地问他为什么不戴防护口罩。曾阿生头疼得忘记了,根据城市管理规定,每天早上八点是空气消杀时间,必须佩戴甲式109级的防护口罩,才能外出。

　　曾阿生一耸肩,反正外面也没有什么人,戴不戴都一样。卢丽安医生笑了,不是这样的,如果这款细菌再继续进化下去,我们可能就从这个地球上消失了。曾阿生说:"什么时候会从地球上消失我不知道,如果我这该死的头疼再不解决,我可能会先消失。"

卢丽安医生给他递上了一杯水,试图让他缓解一下焦虑的情绪:"来,躺到治疗椅上。"

曾阿生遵照卢丽安医生的指示做。他刚刚躺下,治疗椅的各种机械触角就伸了出来,对他全身的状态进行了检测扫描。扫描结果很快就出来了,曾阿生除了体脂率过低以外,没有什么异常警报。这就奇怪了,这旷日持久的头疼源自何处,是心因性的?

卢丽安医生微微皱起眉,她今年 25 岁,虽然年轻,却在智能医疗领域有很多研究成果。她年轻,光彩照人,眉毛纤细,眼神灵动,眼角微微上挑,笑起来像是微风拂动蔚蓝海面、阳光摇曳椰树林。不穿医生制服的时候,她喜欢穿着马面裙,盘一个丸子髻,在这个欧裔亚裔混居、光怪陆离、服饰另类的大都会城市里,这种穿着是亮眼的、典型的东方审美。

她看着曾阿生,这病人已经饱受头疼的折磨很久了。她对病人有着同理心和共情心,她心想,在被这超级耐药菌折磨之前,还要忍受莫名其妙的头疼,这太可怜了。

机器触角打开了一个端头,旋转着变成了一个模拟人手装置,食指摸着曾阿生的胳膊,轻轻地扎了一针强力镇静剂。镇静剂随着血液流遍了全身,曾阿生终于得到了缓解。

"您什么时候开始头疼的?"卢丽安医生问。

"昨天。"

"不,我是问从什么时候开始的?几个月前?"她点开了病历文件,"嗯,您第一次来我这里,是三个月前。"

曾阿生有气无力地说："不，不止几个月，应该是几年吧。"

"几年前？"卢丽安医生有点儿惊讶，这样的剧烈程度，能持续几年？

"对，几年前开始的，具体时间我记不清了，没有八年也有五年吧，发作时断断续续，有时候会好一些，有时候会差一些……"

"一般发作的频次是多少？"

"我……我没法计量。"

"病人对自身的观察、记录非常重要呀。"卢丽安医生录入了信息，"每次全身扫描，都显示正常，您所有的检测都很正常，您还有别的什么症状吗？"

曾阿生抬头看着天花板，医院诊室的灯是简约式的吸顶灯，白炽的光让人颇有些眩晕，他长吸一口气："医生，我感觉自己在丢失记忆。"

"您可以描述一下吗？"

"有时候感觉自己记不清自己是什么人呢。"

卢丽安笑了："您不会忘记自己的名字吧。"

"我有时候对这个名字，也会感到陌生。"

"曾阿生？"

"对，我也不知道自己是不是叫曾阿生，我有天睡醒后，发现自己的 ID 上就是这个名字。"

"真可怜，会忘记自己的名字。"卢丽安医生叹了口气，"不过别担心，现在的医学很发达，我们可以找到您脑部的问题，然后修复……"

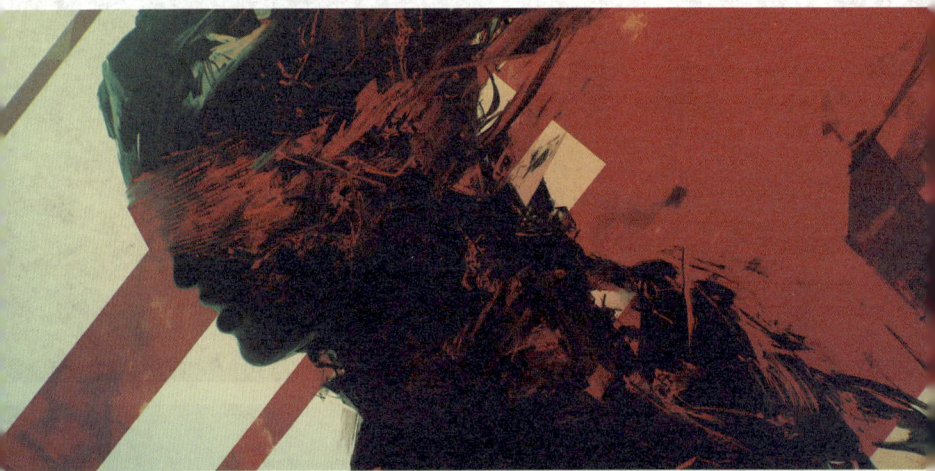

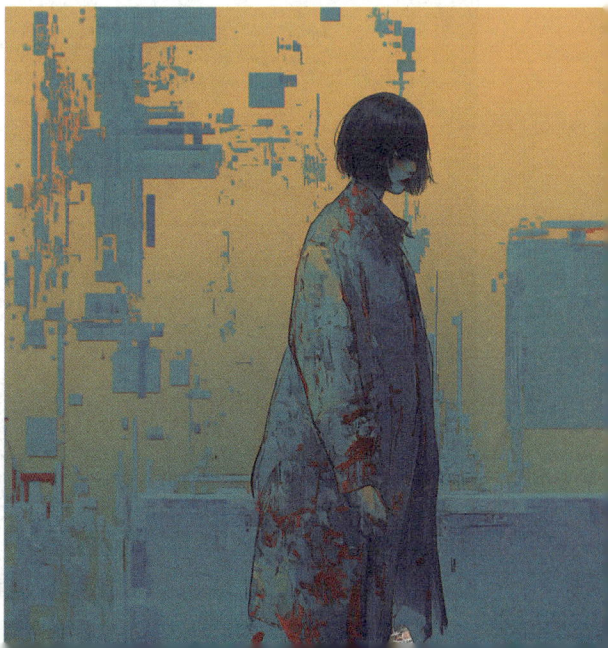

"记忆也能修复吗？"曾阿生问。

"有些可以，有些不能。"

"有些记忆我想忘掉，却怎么也忘不掉。"

卢丽安微笑着说："是一些不愉快的记忆，对吗？"她想，如果是心因性的头疼，那么找到这个心理原因，就非常重要。

曾阿生点头："是的，是一些不愉快的记忆。"

"您可以预约一位心理医生。"

"一个关于地震的记忆，是幻觉吗？"

卢丽安手指划动，在她和曾阿生面前浮现了一个全息图像，曾阿生的全脑建模。"这是您的检查结果……我们没发现有什么影响记忆的因素。"

曾阿生盯着全脑建模的图像，蓝绿色的头颅呈现出 360 度的缓慢旋转展示，画面进一步放大，放大，放大，这是自己的脑海，挺深邃的，他看见脑部沟回里有东西动了一下。很细微的跳动，细微得像是在一个用大色块涂成的版画里，一个小小的像素基本单位，藏在不同颜色里，发生了一个色点位移，然后迅速又复位。

"医生，您看到了吗?！"

"怎么了？您看到了什么？"

卢丽安没有看见这个细小的位移，连全息扫描都没有检测到，这是台高精密的仪器。

这可不是自己眼花！曾阿生突然抱紧头，一阵剧痛将他整个人都抽了一鞭子，他浑身一颤，弯着的背脊也直立了起来。卢丽安医生皱着眉,眼前的男子真的太可怜了,她眼神里满是怜悯、同情,这样慈爱的医生真是人类之福。

慈爱的眼神并没有抚平曾阿生的癫狂,他疼得失去了理智,猛地用力掀翻了卢丽安医生的桌子。卢丽安医生迅捷地向后一退,这种极端事件似乎已经应对了很多次。

"曾先生,您试着冷静一下!"卢丽安医生大喊。

曾阿生根本停不下来,他砸了医生的电脑,太疼了,像是身处那一场突如其来,又如梦似幻的地震。

卢丽安看着他,出奇地冷静,她按下了呼叫键,代号黑武剑的武装保卫机器人将会迅速赶到。她嘴角露出一丝意味深长的笑,取代了刚刚的怜悯、同情、慈爱,她叹口气道:"终于找到你了。"

二

曾阿生的记忆里,自己不叫这个名字,这个名字太草率了,草率得跟自己的生活一样。他也没有像别人眼里的自己那样可怜和值得悲悯,他只不过是要应付时常发作的头疼罢了。他头疼起来,会丢失一些记忆,也会让自己发狂。但是他每次清醒过来,都会第一时间去翻找衣服里的 ID,他怕忘记了自己是谁。

曾阿生,30 岁,男,亚裔……照片上的人看起来又瘦又黑。这个名字听起来像是阿猫阿狗。他还是喜欢道儿上的人给他起的外号,叫他"清道夫"。

他虽然现在生活潦倒一些,可是却一度有着蛮受欢迎的职业——帮别人清理现场。他也是在偶然的情况下,才发现自己具备了这一惊人的能力。他清理过的违法犯罪现场,干净得让警方找不出任何破绽。

斯坦福大学的物理学教授赛恩曾经对近两年里所有不正常的犯罪现场进行了归纳分析:721号杀人案,1120号入室抢劫案……最大的是619号,也就是6月19日当天的大械斗,飞机党和灰熊帮两个臭名昭著的涉黑社团为了抢地盘,从早上打到了晚上。让警方一筹莫展的是,在这些犯罪现场,居然没有留下痕迹。没有物证!即便是有目击证人,也无法单凭言辞证据来入案定罪。

飞机党的老大一开始是不信的,他和斯坦福大学的物理学教授赛恩有着同样的疑惑,因为物质痕迹的守则表明:这个世界上的所有物质只要接触,都必然会留下痕迹。

飞机党的老大波特专门请来了赛恩教授,在他家的大花园里,赛恩教授给他解惑。"对,这就是微量痕迹物证的基础。"赛恩教授说,"什么是微量痕迹物证,两客体相互接触,会引起微粒物质的变化,一客体从另一客体带走某种微量物质或遗留某种微粒物质,比如衣物上的纺织纤维、手指上的油脂粒子、枪击的油化残留物、血液分子……或者,在某些理化作用中,也可能产生微粒物质的变化,比如爆炸后生成爆炸残留物。"

波特点着一根雪茄,疑惑地问赛恩教授,我们明明在现场开过枪,还留下许多血迹……赛恩教授摇着头,百思不得其解:

"如果有人可以清理现场的显性证据，这倒不是什么难事，比如遗留现场的作案刀具。只要有充足的时间，下足够工夫，就可以一一清理。可是，微粒痕迹证据，是看不见也摸不着的，必须借用特定仪器来才能找出，这——这是怎么在现场清理掉的？"

隶属于司法院的微量物质鉴定局是警方破获案件的一把利剑，自从这个部门成立开始，整个城市就没有悬案了——直到"清道夫"出现。

没人能搞明白曾阿生为什么能办到，他一开始是城市的低端人口，跟着帮派的人混口饭，当他偶然发现自己这个特长之后，仿佛打开了一个宽阔"事业"的大门，他终于意识到自己不会因为缺钱而挨饿了。

他背着工具包，上门推销业务，"如果您想作案，我可以提供善后保障"。这听起来像天方夜谭，可是多来几次，道儿上便知道了这个神奇的"清道夫"。老大波特很欣赏曾阿生，想招揽他，把他捧成座上宾，可是曾阿生却依然独来独往，不受任何帮派管制。他只收钱，收钱后赶在警方前面，清理现场的一切痕迹。

赛恩教授说，如果可以消除物质和物质之间接触留下的微量痕迹，这不光是动摇了法庭证据体系，还颠覆了物理原则。

曾阿生背着帆布包，里面是各种橡皮的口袋和手套鞋套，他要避免自己留下痕迹。他会先把显性的证据清理一遍，比如凶器之类的东西，在确认现场已经没有显性证据后，他按下计时器开始"作法"，只见他闭上眼，站在犯罪现场中心，那神情仿佛身处宇宙中心的神，他周身泛起蓝色的光，所有的微粒物质都像是萤火虫一般向着他聚拢,他像是一块磁石般,用一个大大的吸附袋,收走现场的微粒。窗外,警灯闪烁,警报拉响,彼时他已经轻轻退出了现场。

操作程序化,流程规范化,曾阿生一度在道儿上很受追捧,他接受一次又一次雇佣,直到城市里那场巨大的疫情暴发,他才降温歇业。他积累的钱没处花,都塞到了冰箱里、衣柜里,自己落下了一个头痛的隐疾。他闭上眼,随时产生大地震般的记忆,也不知道是幻觉还是因为头疼而遗失的记忆。

他在午夜被梦境折磨得不能入眠,梦境里他的父亲殴打他,又殴打他妈妈。他身心都被摧残,正当他抓起桌上的水果刀想要刺向父亲的时候,突然城市从上到下开始摇晃,天上乌云阵阵,雷声隆隆,地面像是裂开,翻天覆地的震荡波把城市扫了一遍,坍塌的房屋把他的父亲、他的杀心也都埋进了尘土。

曾阿生尖叫着,从大地震的梦中醒来,他给自己倒了一杯水,赤裸着身子走到阳台上。他知道自己身上一定吸纳了许许多多微粒。对此,他一开始很排斥,后来认知发生了转变,这世界上有哪种物质不是由微粒构成的呢?这些微小的物质像是自己的宠物,跟着自己,没什么不好的,起码不会孤独。

他从阳台眺望,城市的夜晚很萧瑟,黑灯瞎火的,再也不见当初的霓虹灯。曾经热闹的大都会,被誉为西海创业家的乐园,可如今早已荒芜。城市人口已经锐减到了原来的三分之一,在郊外的道路上,甚至可以看见无人收拾的人类遗骸在被猫狗啃食。

曾阿生产生了疑问,似乎从他发现自己具有操控微粒的能力开始,城市的疫情就开始了,随后越演越烈,几近失控。这难道只是一个巧合?

他脑中有个声音响起,一定是自己帮坏人办了太多坏事,天又怒了。他头又开始疼,于是不得不自嘲,帮那群王八蛋善后,真是造了大孽!

三

这场疫情来得很诡异,有人说是飞机党和灰熊帮为了灭绝对方,启用了黑死科技实验室里的细菌武器,还有人说是黑死博士的实验室被人砸毁,泄露了一些不同寻常的细菌。

虽然这些说法难辨真假,可是人们已经开始咳嗽,卢丽安目睹了一切变化。抗生素失效,细菌迅速迭代升级,新研发药物跟不上它们进化迭代的速度,一场看似发烧感冒般的流行疾病,迅速蔓延,成为无法控制的疫情。

卢丽安已经等曾阿生很久了,在经过前三次的面诊之后,她确定曾阿生就是自己要找的人。此人罪行累累,她不动声色,等待黑武剑机器人把曾阿生扣住。

曾阿生被铐在一张黑色的桌子旁,椅子带着电极端口,可以防止暴力挣脱,他眼皮撑开,感觉有点儿沉,刚刚在医务室发狂的时候,黑武剑机器人为了制服他,不知用了多少镇静剂。他抬头就看见了卢丽安,此刻的卢丽安已经不是医生的打扮。她一身深蓝色的绸缎马面裙,绣着杜鹃花,懒懒散散、气定神闲坐在一张舒适的楠木椅子上。她的身后、左右各是两名黑武剑机器人,强大武力簇拥着东方美女,形成强烈的画面冲击感,散发出万丈光彩。曾阿生被这光彩照得愧疚极了:"对不起医生,我刚刚⋯⋯"

卢丽安截住他的话,说道:"不,您没有对不起我,我也不是医生。"

曾阿生心中一惊,道:"您是警方的人?"

卢丽安道:"我也不是警方的人。"曾阿生举起了手上的铐子,这精钢铸成的手铐,可不是外面随随便便买得到的道具。

卢丽安开门见山:"我是来雇佣你的。"

曾阿生问:"我已经好久没接这种活儿了,不过如果价钱合适的话⋯⋯等等,现在我拿钱也没什么用,城市都成这样了。"

卢丽安笑着问:"城市都成什么样了?"曾阿生不说话了,他对城市的情况并不清楚,只能感觉到阵阵末日的气息。

"城市已经被超级耐药菌折磨得不成样子。"

"超级耐药菌?"曾阿生第一次听说这场疫情的详细信息。

卢丽安道:"您知道什么是抗生素吗?"

"当然!这连小孩子都知道!"曾阿生觉得有些好笑。"抗生素的本质也是一种细菌,简单点儿说,我们是用治病的细菌去吃掉致病的细菌。"

卢丽安道:"健康人感染致病菌而无法治愈,这似乎是人类发明抗生素以前的事。可是,现在的疫情却让所有抗生素失效了。"

"为什么?"曾阿生问。

"人类在 1928 年发现青霉素具有杀菌作用,从而拉开了使用抗生素对抗细菌感染的序幕。这许多年来,抗生素和细菌都在进行着演化迭代,我们使用抗生素,会创造出这样一种环境——只有对该抗生素具有耐药性的致病菌才能存活,其他致病菌则会走向死亡,这是耐药菌演化的基础。"卢丽安说。

曾阿生问道:"您的意思是,这次疫情是因为耐药菌超越了现存抗生素所能应对的范围?"

卢丽安道:"是的。可以这么理解,人类使用抗生素治疗感染性疾病是通过干扰细菌生命周期的重要环节,从而杀死细菌,比如 β−内酰胺类、糖肽类、头孢类、碳青霉烯类是通过阻止细胞壁合成杀死细菌……比如磺胺类、甲氧苄氨嘧啶类是通过阻止核苷酸前体物的合成杀死细菌……"

"对,环丙沙星可以阻止细菌的 DNA 解旋,而四环素类、大环内酯类可以阻止细菌的蛋白质合成!"曾阿生接话道。他突然意识到一个奇怪的问题:自己为什么会知道这些生物学知识?他想问却没有问出口。

卢丽安沉声道:"不同抗生素采用不同的方式来杀灭细菌,让人类在与疾病的战争中获得胜利……可是这种胜利只是短暂的胜利,细菌是会耐药演化的!"

卢丽安推开了窗户,空气里弥漫着消杀药水的味道。"细菌通过偶然的基因突变或者从别的细菌那里获得耐药基因盒,可以形成三种对抗机制,一是合成破坏抗生素的酶,二是把抗生素排除出细胞,三是改变药物作用位点,这些手段都可以抵抗抗生素的作用效果。为了让人类继续战胜细菌,生物学家不得不保持工具箱里抗生素的更新,以应对细菌的这三种耐药机制……"

曾阿生一点就通:"细菌和抗生素是一对演化促进体,互相在促进对方的迭代。换句话说,眼下疫情失控,是因为这次的细菌超越了这三种机制,超出了现有抗生素手段的迭代?"

"针对细菌的耐药演化,人类尝试通过基因技术对抗生素药物进行升级,比如利用基因技术改造酶模块的编码基因,从而产生不同抗生素分子,避开细菌的耐药抵抗……可是,眼下疫情的细菌发生了超级迭代,拥有更聪明和更有效的耐药机制。人类手上的抗生素,跟不上它的演化。"

"怪不得您叫它'超级耐药菌',如果任它发展下去,会怎么样?"

卢丽安看着窗外的城市:"这比当年的埃博拉病毒、寨卡流感要危险多了,每天死亡人数都在攀升,我们目前没有办法抵抗这类感染,我们的新抗生素武器还在路上。"

曾阿生问:"我们还有多少时间……我们可以预测疫情走势吗?"

卢丽安手指轻点,从天花板上降下一个全息地图:安克雷奇、多伦多、马尼拉、奥克兰、丹佛、旧金山、芝加哥、利马、凯恩斯……"这个树状图是 175 万台虚拟计算机实时运算生成的计算流行病学模型,追踪到的病原体发源是越南河内,经过这两年的传播，目前最高峰指数的城市单日感染人数仍然居于高位,是 3.5 万人……"

"越南,河内?"曾阿生有点儿蒙,像是记忆里某些特殊的点位被刺激,他猛地意识到一个问题:"不对！既然抗生素和细菌是相互促生迭代的,应该遵循自然选择,矛和盾会出现大致的一个自然平衡,为什么会有超级迭代演化的耐药菌,这是怎么发生超级突变的？ 这可不是简单的耐药菌，这样的致死程度,甩开当下人类的抗生素几个迭代,除非……"

"除非是人为制造,打破了自然选择平衡,对不对?"卢丽安接过他的话,他点点头。卢丽安接着说:"姑且叫您曾先生吧,您有没有很好奇？"

"我好奇什么？"

"您似乎对这些生物学和流行病学的信息很熟悉，我们在这一点上几乎没有交流障碍！ "

曾阿生头疼:"我也不知道,我真的不知道为什么。"

"每天死亡这么多人呢,您不想做点儿什么吗？"卢丽安盯着他。

"我能做什么?"曾阿生一捶桌子,"我只是帮人清理现场的小马仔而已！ "

"我需要您帮我找个东西。"卢丽安从椅子上站了起来,她向前走了两步,所有黑武剑机器人都围绕着她,她却挥手驱散了所有机器人。

曾阿生问:"我能帮您找什么东西?"

"您的外号叫'清道夫'。"

"是的,那是以前……"

"不要急于辩驳,我知道有关您的一切。"

"医生,我是个什么人?"

卢丽安笑了:"我不是医生。您是个奇怪的人,而且大脑里有种恶。"她特地强调了"大脑",用手指了指他的额头。

曾阿生叹气道:"是,我是恶人,我从小就想干一些出格的事。"

"比如?"

"我想杀了我爸爸。"

"您最后成功了吗?"

"没有……不,成了……我不知道,地震了。我不知道这个记忆是真的,还是幻觉。我最近一直在丢失记忆,甚至我怀疑我名字的真实性,但对于地震这一段,却经常在梦里经历。"

卢丽安问:"您为什么想杀您父亲?"

"他打我母亲,打我……"曾阿生头又有些疼,他开始回忆痛苦的事,"如果不是他从小打我,我的生活会不会变好?"

"原生家庭是每个人的影子啊。"卢丽安脸上浮现出悲悯,如果不是童年有这样的阴影,恐怕曾阿生也不会和黑色人物混在一起,更不会利用自己的特殊能力从事犯罪活动。人性之善恶,实难琢磨。

"您父亲当年为什么要打您和妈妈?"卢丽安似乎对曾阿生

的过去很感兴趣。

"我已经记不得了。"

"有时候人只能记得恨，却不记得为什么而恨。"卢丽安叹气道，"曾先生，您的父亲是著名的生物学家，他生前研发过一种超级 LNP，也就是脂质纳米颗粒，这种颗粒可以把编码过的基因片段递送到细胞里，而眼下的超级耐药菌是经过人为编辑的，好比是有人用 LNP 向现有的细菌细胞递送了一段特异的基因密码组，让这段可以快速进化并抵御抗生素的基因组整合进了目标细胞内，从而诞生了超级耐药菌。您父亲此举的目的，现在尚不清楚……"

曾阿生呆呆地看着卢丽安出神，像是听着一个与自己不相干的人和不相干的事。隔了良久，他方才清醒过来："您是要我去找出这个 LNP，脂质纳米颗粒，对吗？"

"是的。"卢丽安微微一笑，"这次可不是去犯罪现场清理微量物证，而是去寻找可以关上潘多拉魔盒的钥匙，人类已经等不起了。"

"您既不是警局的人，也不是医生，我该怎么相信信你说的话？"

她不等曾阿生表态，伸出了纤细的手："我曾供职于微量物质鉴定局，追猎过'清道夫'很长时间，现在我隶属神秘先生麾下。合作愉快！微量猎人，这是我的临时代号。"

"我该怎么帮您？"

"我的同事会设法打开一个时间窗口，我们得回到过去……"

曾阿生连连摇手："等等，我们怎么可能回到过去？"

卢丽安笑着说："我这位同事他曾经尝试过，当超级强大的能量聚集到一点的时候，会把时空撕开一个口子，当然，这个口子只能在时间的纵轴之上，而不是跨越平行时空。"

"这么说他回去过？"

"是的，他回去过。"

"他做了什么？"曾阿生突然问道。

"您为什么对这个问题感兴趣？"

"我总是在想，我的人生是不是还有重来一次的机会。"

卢丽安沉声道："我们的任务是找到最初迭代递送到细菌细胞里的那个 LNP，也就是初代的编码，这样我们就能逆推它、破解它。改变过去，会有许多连锁反应，如果不是为了拯救人类，神秘先生是不会发布这种任务的。我的那位同事，也不过是在偶然之间，回去见了他已故的妻子一面。"

"哦，他是个好男人。"

"也算得上吧。他叫武烈，是个粗中有细的家伙。您有什么话想回去对什么人说吗？"

"我应该更想回去搞清楚自己到底是谁，我的超越力是怎么回事吧？"曾阿生陷入了深思。是的，他记忆里已经模糊了很多东西，他还能想起过去的什么人，还有什么话想对他或者她说的吗？

"好好向前看，好好活着吧，这世间有很多值得的事。"

四

生物学家文山推开窗户,他看见清晨的街上已经热闹起来,阳光照过城市,光线像箭一样穿过高楼与高楼之间的间隙,充足的光亮淌过刚刚洒过水的街面,贴地形成了一道小小的彩虹。

宽阔的马路上车来车往,悠闲的人们正牵着猫和狗遛弯,人行道两旁是被打理得很整齐的市政绿植。

文山眺望城市的北角,医院旁边商业大厦的玻璃反着光,写字楼里的人忙碌着。医院很热闹,全息投屏上显示着今天坐诊的医生动态,米白色的外墙,海蓝色的内里,环绕广播里播放着《圣托尼海》,声音懒懒散散,祥和又静谧。

文山看着电脑上来自他脑部的数据,惊慌而恐惧,没有人知道等待他的命运是什么。"超隐特菌"——这是文山团队给它的命名,他和妻子由纪子发现了自然界的这种稀有变种菌,不幸的是,文山自己率先被感染了。这种细菌会沿着血液植入大脑,蛰伏在宿主的脑部。

这种稀有菌蛰伏时间久,病理周期长,对人体的影响尚不得全面知悉。文山只知道自己已经癫狂许多次,他癫狂起来,砸仪器设备、砸电脑。一开始,他还能保持理智,可是过一段时间后,他彻底沦陷了,他变得暴躁无比。

感染进展很快,他迅速失控,开始对妻儿施暴。他清醒过来后,又无比后悔,抱着由纪子痛哭。面对目前人类无法攻克的感染菌,他一度想到逃! 他的逃,就是自杀!

由纪子会在他每次发作后,关起实验室的门来,鼓励他:"别怕,文山,别放弃希望!"

文山流着泪:"我真的走不下去了……"他看着由纪子手上青一块紫一块被自己打出的伤痕痛不欲生。

实验室狭小的空间旋转着,两人相拥而泣。二人的泣诉声,汇聚成了微小的声波,钻出了天花板,钻到了头顶的超空间。紫色的洞口包裹着曾阿生和卢丽安。他们正是为了超级耐药菌的LNP而来。

面对超级耐药菌,城市几乎被毁,人类将陷入灭绝危机,潘多拉的魔盒被打开,现在该怎么才能关掉? 为了改写历史,神秘先生指示武烈打开一个时空洞口,把曾阿生和卢丽安送回去。他相信一句充满东方智慧的古话——解铃还须系铃人。

地表最强特工武烈被招揽进入封神阁的时间比卢丽安早两届,算起来是前辈,武烈一直很好奇,卢丽安的技能是什么? 这么弱小的女子居然也能被神秘先生看上?面对超级耐药菌这样的棘手任务,她还能独自担纲?"也不知道老大怎么想的!"

卢丽安一挥扇子:"少废话,服从命令。只有15分钟时间。"

"15分钟? 如果超时……会怎么样?"卢丽安问。

"在过去的那个时间点,发生过一场大地震,强地震的威力会冲击时间洞口,如果时间洞口塌陷,我将无法把你俩救回来。"

紫色的时间洞口打开,曾阿生和卢丽安出现在了过去的时空之上。超空间里的二人将三维世界的一切听得清清楚楚。

曾阿生喃喃道："原来我不叫曾阿生,我父亲姓文。"

卢丽安缓缓道："原来您父亲并不是您想象中的那么暴躁。"

"是,这一切都是有原因的,他病了,可是我却不理解他。"

"您别忘记了我们回来是要找到那个粒子。时间已经不多了。"卢丽安提醒他。

曾阿生的心情沉了下去,他发现自己根本就不懂自己的父亲。父亲特立独行,在科研工作中显得强悍而痴迷。在他记忆中,和父亲一起玩耍的时间很少,随着自己记忆的丢失,就更记不得曾经的亲子时光了。他只记得父亲施暴。

现在他终于知道父亲是生了病。但是,未来流行的超级耐药菌和父亲感染的"超隐特菌"有什么关联?

曾阿生看着卢丽安,对方一双妙目也正在看着自己,想来她也猜不出其中的缘由。

二人竖起了耳朵,继续听。

文山表情变得很痛苦,他沉声道："这'超隐特菌'在人体潜伏时间极长,能通过血液循环,突破血脑屏障,寄宿在人脑,慢慢侵蚀掉脑组织,夺人性命。我们必须赶在发病之前,找到阻断的法子,才能救下孩子……我不想他变成和我一样!"

由纪子抱着一个小小的保险箱,说道："我们的实验一定能成功的,孩子已经注射了第一针,保住了生命,我们只需要再优化一下……"

曾阿生和卢丽安如闻雷轰,原来曾阿生小时候,感染了和父亲一样的病！卢丽安对"超隐特菌"有所耳闻,这种感染几乎百分百致命,可是曾阿生已经长大了,这么说文山和由纪子已经找到了阻断它的法子。

曾阿生心中一疼,原来自己一直误会了父亲。父亲生病了,他却一直咬着牙，想要救孩子。他忽然找回了一些失去的记忆,他记得小时候父亲曾带着他去爬长城,一起去游泳,一起看动画片,一起玩老套的坦克大战游戏……这些记忆模糊得像过去了很多个世纪。

和时间赛跑,背负沉重却竭尽全力,爱是人的软肋,也是人的铠甲,原来他是个了不起的父亲啊！

卢丽安很着急,时间不多了,大地震要来了,如果不能找到那个粒子,这趟任务就要失败。她问:"曾先生,找到了吗？"

还不待曾阿生答话,他们听见文山喊:"快出去！"

由纪子抱住了文山,她知道他发病了。文山大脑里的"魔鬼"又开始作祟,迅速进入了癫狂状态。由纪子用力抱住他,他用拳头不停击打由纪子的后背。

曾阿生捏紧了拳头,卢丽安拉住他:"快去找微粒！时间不多了！"

曾阿生的手指指着由纪子怀里的保险箱:"就是那个！"

卢丽安瞬间明白了一切,文山为了救孩子,准备制造一种基因编辑过的粒子去吞噬寄宿在人脑里的"超隐特菌"！用治病的细菌去打败致病的细菌。

剧烈的头痛让文山发了狂,他变得力大无穷,在实验室里横冲直撞。由纪子缩在角落里,任飞来的抛掷物砸到自己身上。她死死抱住一个保险箱,保险箱里是还处于研发阶段的 LNP 药物,那是她能救丈夫和儿子的唯一希望。

曾阿生甩开卢丽安的手:"我得去帮助他们!那是我爸妈。"他从天上急坠而下,向由纪子直扑过去,失去理智的文山一挥手,就把他掀翻在地。

卢丽安也跟着跳了下去,马上大地震就要来了,时间已经不多了。

卢丽安出手了,她和发狂的文山缠斗在了一起,可惜她错误地估计了文山的战斗力,被"超隐特菌"操纵的人除了会狂躁以外,还会增加数倍的力气。

卢丽安奋力架住文山的手臂,她大声喊:"快!去取走粒子!"卢丽安具有超强的恢复能力,她被文山打伤的地方迅速复原。

蓦地,整个实验室开始剧烈震动。"不好!大地震来了!"卢丽安想起武烈的警告,这是世纪末的大地震,会冲击到头顶上的时间洞口。

"快!去取走粒子!"卢丽安喊,这是人类的未来,她意识到了问题所在,文山的实验并没有成功,这是一个半成品,世纪末大地震造成了药物泄露,溢出的编辑细菌迭代成了超级耐药菌。曾阿生注射了第一针,虽然延续了生命,获得了吸收微粒的能力,可也是有副作用的,他落下了头疼和丢失记忆的毛病。

曾阿生护住了母亲,地震来了,一块天花板砸在他的手臂上。他眼前的画面开始旋转,他真想再上前去抱抱父亲文山,对他说一声对不起。可他只剩最后一分钟了，他必须伸手触摸那个装着 LNP 粒子的箱子，把初代微粒吸附在自己手上，带走它。

未来的人类会根据初代的微粒逆推文山当时设计的基因序列，找到杀死超级耐药菌的法子。

文山突然停止了攻击，他回过头来，看了看眼前的陌生人，他就这样愣愣地看着曾阿生，在血脉面前，任何解释都是多余的。

他突然露出欣慰的笑容，原来自己成功了，他终于见到孩子长大的样子。

曾阿生含着泪，他和卢丽安头顶的紫光闪烁，武烈已经在尽最大努力抢救他们回去。

曾阿生只有一个可以拥抱父亲的机会⋯⋯

很多时候，人们惯常误解自己的父辈。一辈子很长，长得每个人都以为自己可以原谅。一辈子也很短，短得不知道明天和意外哪个先到。

有些拥抱，不是随时想要就能得到。

灵魂使者

人类之所以强大，不是因为智慧，而是因为善良。

一

小刺儿头杜小宇是被热醒的。他醒过来的时候，发现自己躺在厢房的床上，素洁的棉麻被子软软地包裹着他疲倦的身体，像小时候师父的拥抱。厢房里的温控器已经停止了工作，须弥岛上极夜的寒冷已经过去，天亮后又是新的一天。

窗外传来海水的起伏声，浪涛正击打着大光明山的崖壁，六座莲叶状的巨大机械岛屿在无尽之海的东边开始起伏、旋转。大光明山在正北方的一片"莲叶"中心，山脚下有九九八十一处住宅，其中就包括杜小宇他们的厢房。

时间流转，六片莲叶岛屿次第向太阳靠近。过了午时，阳光像箭一样射了进来，太阳一点儿温柔也不留，酷热立马笼罩了这个巴掌大的厢房。闷热的感觉像是在蒸桑拿，旁边有个不听话的顽童在往木炭堆里不停泼水，热气腾腾而起，温度快速飙升。从极寒到酷热，不过就是六片莲叶岛屿起伏转动一圈。

汗水像是奔涌的江流,顺着杜小宇的脸颊落下,棉麻的被子也盖不住了,得赶紧离开房间,不然自己会被烤干——之前就有一位学长睡过了头,丢了命。

师兄弟应该上山去了,只有按时上山,才能躲过这讨厌的酷热。

杜小宇昨天是被抬下山的,他又在大教考中垫底了。他骂了句粗话。他一直搞不懂,师父当年是怎么看上他并把他收入门下的。这些年,他成绩再烂,师父也没有责怪他,可一众师兄弟却拿他当笑话。他平时脑子里总有些不切实际的念头,也不听劝,除了师父,谁的账都不买。大师兄说他总有一天要惹事,师兄弟们叫他"小刺儿头""十万个为什么"。

这次大教考,他原以为自己可以晋级,但天不遂人愿。在须弥岛的六座山上,弟子们都要在 16 岁前完成修行并结业。杜小宇今年已经 18 岁了,却仍结业无望,就更别说继承师父的衣钵、成为新一任的灵魂使者了。

在大教考的抽签次序里,他抽中了实力最强的三师兄,所有人都笑了,唯独杜小宇莫名兴奋,他说挑战最强者才刺激。

两人对坐在棋盘场上,通过脑机接口,进入灵魂世界,展开拳脚对战。三师兄几乎没费什么力气就把他彻底击溃了。他施展绝技,抢攻接收了杜小宇的主动神经系统,随即关停了他大脑里的所有防御意识,差一点儿就抽走了他的三魂七魄。若不是师父一声当头棒喝,他根本清醒不过来。他听见师父喊:"二货——"

三师兄摇摇头："小刺儿头，没本事，真是又菜又爱玩。"

落败的杜小宇彻底虚脱，被人抬下山来。他回来就在厢房睡着了，一觉就睡过了极夜。被子是什么时候盖的、谁盖的，他不知道，他只是迷迷糊糊感觉到有人走近了他，又迷迷糊糊感觉到柔软的被子裹住了自己，还帮他打开了厢房的温控器。

灵魂使者的备选弟子，首先要对生死看淡，不光是看淡别人的生死，还要看淡自己的生死。杜小宇不过是众多弟子中最落后的一个，谁会在意他夜里会不会被冻死，大概也只有师父会在意吧。他的父母已经不在，也只有师父会对他这么好了。师兄弟里但凡有人说杜小宇没爹妈教，他准要和人打一架。灵魂使者是不能有感情的。看来师父真的老了，要退休了，都开始关心他这个小刺儿头了。

杜小宇每每看到师父枯瘦的脸，就会想到和善安静、超然物外、淡泊生死、空明寂静……想必古书里的生僻描述，说的就是师父这样的状态。师父是最杰出的灵魂使者，他摆渡过的死者，已经有七万三千九百多位了，他的成绩遥遥领先，高高亮在须弥岛登岛口的电子公示牌上。

杜小宇知道师父很有名，他还常说自己是在从事服务行业，一定要待人宽厚，有同情心、同理心。对了，他有一个外号，叫"话痨"。

师父在须弥岛外的世界诸国有口皆碑，每一位死者在临终前，都会客客气气地把一生的意识交托给师父。灵魂使者把这种全脑意识数据称为"灵魂"。师父把这些"灵魂"提取出来，装进存储器皿里,带回须弥岛。

须弥岛上的灵魂净化局,会将死者的一生读取、播放一遍,善恶赏罚,一应分明。善人的意识将会进入转生蛇道排队,等待装入下一个人脑之中;恶人将彻底被清除掉,就像过去从磁带上抹除信息一般,从此不再有任何痕迹。

二

杜小宇听师父说过,灵魂使者是一项伟大的工作,不光摄取死者的意识,还承担着人类智能的传承。一些对人类有贡献的艺术家、科学家等,能通过这种方式,把自己的"智能"留下来。

杜小宇问过师父:"师父,人来这个世界一趟,最终的归宿是什么?难道就是成为蛇道里那长长的瓶瓶罐罐吗?"

师父答:"是啊,每个人最后都是瓶瓶罐罐。"

杜小宇追随师父很久了,前不久师父接到灵魂净化局的邀请函,前往参观蛇道,所有师兄弟都下山去实习了,只剩杜小宇一人。师父本意不想带着傻徒弟,怕他说错话、和人冲撞,在兄弟单位面前丢人,但自己若是独自前往,又显得没什么气势,毕竟有个人撑伞、拉车门才显得自己有点儿地位,至少可以撑撑场面。

杜小宇就这样第一次参观了人类灵魂的巨大流水线,以千万为基础单位计数的"灵魂"瓶子吊在流水线的钢爪之上,缓慢地向前移动着。

瓶子大多是白色的,杜小宇凑近看,有些已故的艺术家的瓶子颜色要比普通人的好看一些,有的是暖橘色,有的是青莲色。走在前面引路的灵魂净化局侍者向师父和杜小宇逐一介绍情况:"这是因为他们的灵魂比较有趣吧。"

有些科学家的瓶子要大一些、沉一些,吊着它们的钢爪明显受力要多一些。"这是因为他们的意识里装的东西比较多,这些都是我们要重点提取的杰出人士啊。"

"师父,为什么他们要搞特殊?他们是关系户吗?他们是走后门吗?"小刺儿头的反筋又犯了。

师父说:"人类已经比以前少多了。在我们这个时空,AI进化得很快,如果人类不用这种方法把'智能'传下去,就根本没办法和AI分庭抗礼。"

"原来这是碳基和硅基在比拼进化啊!想出这样的法子,真是人类最后的倔强。"杜小宇摸着脑袋,觉得师父说得有道理。过去,人类的智能是没有办法先天延续的,每个新生的人,都要从头开始学习,可是AI就不一样了。AI可以自然接续上一代的知识,不停积累,不停学习,不停迭代。最新的AI已经分走了人类大部分的生存空间。

"师父,我看以前的图书上说,人投胎前有个孟婆,会煨汤,人喝了就会把记忆消除掉……"

"图书?那是淘汰货,人类已经很久不看书了,而且现在也不需要它。现在的'智能'都是靠数据输入脑机传承的。另外,世界上也没有什么孟婆……"

杜小宇长出一口气:"幸好没有孟婆,否则我们灵魂使者也没有存在的必要了。"

"孩子,你现在知道灵魂使者存在的最重要的意义了吗?"

杜小宇说:"知道了,我们要寻找有趣的灵魂。"

师父甩了他一巴掌:"不是,我们要甄别有用的灵魂。"

"可是,师父,我该怎么区分有用和没用?我下不了山,您教的都是没用的东西。"

"笨蛋!我不许你这么侮辱自己。"师父觉得有点儿不严肃,于是安慰他道,"你是我最看好的弟子,你一定能继承我的衣钵。"可是这话一说出口,就更不严肃了,杜小宇有几斤几两,他还是知道的。

杜小宇问:"为什么不是三师兄?他可以用最短的时间带走人的灵魂。"

"他就是动作大,太猛了,提取灵魂的时候老是丢数据!"

"那为什么不是大师兄?他既沉稳又和善,他实习的时候勾走的灵魂的家属,都称赞他服务态度好!"

师父有些恼了:"你是十万个为什么啊?你今天问问题的次数只剩一次了!"

杜小宇歪着脑袋,苦苦思索:"可是,如果这些有用的灵魂并不善良怎么办?"

这算是问了一个比较有深度的问题了,看来这傻徒弟也不是真傻,于是师父说:"评价人的一生,那是判官的活儿,你别想那么多。"

"他们会把每个灵魂的一生都认真播放一遍吧？"杜小宇问。

师父说："是的。如果不这样做，只怕就会错过很多有意思的事。"

"当判官真有意思啊。"

"你还是想想自己怎么结业吧，马上又要大教考了！"

"师父，我今天还有一个问题想问。"

"不行。已经问超标了，我今天本不想带你出来的。"

杜小宇给师父撑伞，递牛奶、饮料，擦汗。师父面色稍缓："问吧，我知道你不问会憋死。"

"师父，您为什么要收我做徒弟？我并没有什么资质。"

"笨蛋，就因为你没什么资质，所以才收你。"

"为什么？为什么？"杜小宇张大了嘴巴。

"灵魂使者是多么痛苦的职业，每天都要和死亡、悲伤打交道，你去勾魂吧，家属还骂你，说是你来了死者才走的，可是明明是死者要死了，我们才能接到通知去提取灵魂，这分明是因果倒置嘛……"

"话痨师父，您能讲重点吗？"

师父继续说："综上所述，遇到这种事情，大部分的弟子都难免会很沮丧。他们需要有成就感，才能被激励，才能坚持完成训练啊……"

杜小宇差点儿背过气："啊？那我是被用来垫脚找自信的啊……"

三

杜小宇接到下山的通知是在一个酷热的午后。他兴高采烈,感觉自己要飞起来了,他终于得到了认可。认可是一种很奇怪的东西。"不,别这样理解,"师父说了很多遍,"明明活的是自己的人生,为什么要靠别人的眼光来评判?"明明?谁是明明?杜小宇连自己是谁都不大记得起,哪里参悟得了这么高深的道理。

杜小宇对于自己年幼时期的记忆是模糊的,感觉像是有什么覆盖住了自己的大脑数据,他问师父:"我是不是也被灌过上一代人的'智能'?"

师父说:"拉倒吧,你少得意,要是你继承了'智能',为什么还是傻?协助人类对抗 AI 的迭代,唯一能想出的法子,似乎就是把精英人士的'智能'在生命终结前提取出来,然后移植灌注到下一代孩子的身上。"

杜小宇拍手笑道:"真好,这是谁想出来的高招,以后就不用上学了。"

师父问:"傻徒弟,你上过学吗?"

杜小宇脑袋一阵疼:"上学的记忆真模糊啊。"

师父又发出了灵魂拷问:"你不必记得你上没上过学,你记得你自己是谁就行了。"

杜小宇呆呆地看着远方:"我是谁?"

"你是灵魂使者……的见习选手。"师父给杜小宇发了一件灵魂使者的马甲。马甲是明亮的绿色,有点儿像协勤人员穿的衣服,反光、显眼,多远都能看见,比较安全。杜小宇满心欢喜地接过,发现背后印着"见习"两个斗大的汉字。

"我为什么还要顶着'见习'的LOGO(标识)?我不是已经接到通知可以下山了吗?这说明我得到了认可啊。"

"小刺儿头,所有人都可以下山了。"

"为什么?为什么?"

师父翻了个白眼:"死的人太多了,灵魂使者不够用。"

杜小宇不情愿地准备下山。他穿上马甲后,就接到了第一个任务。马甲的右肩上有一个通信器,当通信器亮起,就表示有任务了。第一次听到通信器里喊自己的名字,杜小宇别提有多高兴了,备选就备选吧,总好过一辈子待在山上。

"慢着,傻徒弟,提取灵魂数据的法子你都学会了吗?""学会了,师父。"杜小宇说着,手里比画着,模拟拿着一个大脑数据读取器,像是剃头一样在自己脑袋上摩挲。

"才不是这么简单。有些灵魂,需要你和对方建立对话……那安抚家属的法子,你也学会了吗?"

"这个……"

"辨别灵魂的法子,你也学会了?"

"这个……我先拿回来,然后请师父或者判官辨别,行不行?"

"不行。每次下山周期是七天,你的灵魂瓶子有可能会用光,有些灵魂明显是不用带回来的。"

杜小宇犯傻了,他有点儿慌,若是不能回答师父的问题,下山见习的资格是不是就会不保?

"见习使者必须完成七个周期,也就是七七四十九天的工作,判官会根据你收集回来的灵魂给你打分,判断你是否能转正。"

"要是不能转正怎么办?"

师父说:"那你就可以从阿鼻崖跳下去了。"

"阿鼻崖下面有什么?"

"阿鼻崖下面当然是阿鼻地狱,你将万劫不复。"

杜小宇缩了缩脑袋:"代价这么大?"

师父说:"当然了,这么简单的事都做不了,你对人类还有什么价值?"

杜小宇不说话了,他琢磨师父说的话。

师父和蔼地看着他,决定对他说一个故事。"当你听完故事,能领悟多少,你就知道自己该怎么办了。故事的主人公是一位年轻的母亲,她因为生活窘迫,不得不遗弃自己的孩子,可是她又不能狠下心做这件事……"

"等等,师父,是什么样的生活如此窘迫?"杜小宇打断了师父。

师父说:"跟你说了别打断别人说话!你是不是以为这个世界上的生活都是美好的?"

"当然了,我们每天都在山上,感觉非常美好。"

师父那枯瘦的脸上浮起了悲悯："那是你没见过生活残酷起来能到什么地步……别说话,继续听。"杜小宇紧紧闭上嘴巴,在灵魂使者的课程里,他们学到过一个重要法则:不知人苦,莫劝人善。

于是师父继续讲:"有些生活比你我想象的还要残酷无情,别说孩子了, 很多成年人都朝不保夕。这位母亲走投无路,如果把孩子带在身边,孩子和她自己都将活不下去,可是在那个时空里,遗弃是重罪,这可怎么办?"

杜小宇不说话,紧紧闭着嘴巴。

师父说:"你可以问,该怎么办?"

"师父,是您叫我别说话,继续听。"

"我现在叫你问,可以问了!"

"是啊,该怎么办?"杜小宇猛点头。

"这个时候,这位母亲的妹妹站了出来,她想要帮助自己受尽苦难的姐姐。遗弃固然是重罪, 可是只针对遗弃直系亲属啊。于是妹妹带着姐姐的孩子,替她遗弃了。"

"后来怎么样了?"杜小宇问。

师父说:"后来,姐姐挺过了生活的灾难,重新振作起来。当她富有之后,帮助了许多孤儿,她的良心得到了解脱。"

"那妹妹呢?"

"妹妹成功拯救了姐姐,从此两姐妹不再提遗弃孩子的事,直到她们的生命走到了尽头。面对灵魂使者,她们开始反省自己的一生。妹妹是不可能转生的,她是遗弃孩子的实施者。灵魂使者在她的人生数据里,发现了一个恶的记录。这个时候姐姐站了出来,问灵魂使者:'到底什么是善,什么是恶? 我是皇家慈善母亲勋章的获得者,我是不是可以把转生的机会让给妹妹? '"

杜小宇听得瞪大了眼睛。

师父半合着眼睛说:"傻孩子,如果你的灵魂瓶子只剩一个,姐姐和妹妹,你要带回哪一个? "

这个问题让杜小宇想了一夜。妹妹用恶的方式救了姐姐,解脱后的姐姐成了对人类有贡献的勋章获得者,妹妹到底是作了恶还是积了善?

四

杜小宇还是下山了。他的第一个任务光荣而艰巨,他要采集一名科学家的数据。

科学家朱诺的灵魂很沉,他已经处于濒死的状态,几乎一点儿意识都没有了,他的家属在医院里哭成了一片。杜小宇很幸运,没有遇到不讲理的家属。这些高级知识分子的家属,对待灵魂使者都特别有礼貌,他们请求杜小宇尽可能多地把科学家关于亲属的记忆保留下来,而不光是采集他的"智能"。

这是一家军队的顶尖医院,从门口站岗的士兵就可以看出这名科学家的地位。杜小宇想起了师父的话,如果要完整地、漂亮地完成采集任务,是不能单纯拿着一个摄取器在人家脑袋上读数据的,那样会丢失很多数据。他需要进入科学家朱诺的世界,去和他对话。

于是,杜小宇把脑机读取器的一端接到了自己的额头上。线缆的光莹莹闪动,杜小宇眼前一亮,看见了硕大的木星。朱诺是领衔"精卫计划"的科学家,这是人类在宇宙里探索冰卫星的太空任务。精卫,取自"精卫填海"的传说。

"朱诺先生,我是您的灵魂……见习使者杜小宇,今天由我来读取您的一生。您可以放轻松,这样有助于我更好地保存您的灵魂数据。"对面的朱诺像是睡着了,没有说话,他苍老的面孔动了一下,杜小宇就当他已经友好地接受了他的开场白。

"您可以告诉我,您一生中最值得称道的事是什么吗?"

"我一直在太阳系里找水。"

"水?为什么要找水?"

"孩子,在地球上的经历告诉我们,哪里有水哪里就有生命。在早些年代,我们发现除了地球,还有木星的卫星和土星的卫星存在液态水。"

"木星和土星?"

"对,特别是木星。我的一生都是在木星和地球之间度过的,木星的几颗冰卫星是潜在的水星球,这些卫星的冰层下藏着广袤的海洋;木星引力场的拉扯能让水保持液态,冰层能为下方的海洋隔绝来自木星的强辐射。"

"那'精卫计划'的进展如何?"

"木卫二欧罗巴、木卫三盖尼米得、木卫四卡利斯多……

'精卫计划'很简单,就是寻找可能有水的星球,然后去改造它,把它变成地球的一个备选的宜居处所。如果有一天地球扛不住了,我们就可以选择移民。"

"宇宙移民,这是老生常谈的事啊,咱们不谈这个,您马上就要随我一道回须弥山了。"

朱诺想了想说:"我可以留下一张字条吗?"

杜小宇有点儿犹豫,这是犯规的,这相当于让被接引者的意识进入灵魂使者的大脑,去操纵灵魂使者的肉体。

"拜托了,小伙子。"

杜小宇想了想,又看了看朱诺教授的白发,那里藏着他为人类辛劳探索的一生。"可以的,朱诺教授。"

"我没有为家人做太多的奉献,他们却深明大义。如果可以把我的记忆保存下来,我希望能在下一世再次遇到我的家人。您可以帮我把这张字条交给他们吗?"

这真是一个值得尊敬的人啊!杜小宇打开摄取器开关,朱诺教授的大脑数据被飞速吸收进了一个存储瓶子里。生命仪器停止了波动,朱诺教授停止了呼吸。

沉甸甸的瓶子握在杜小宇手里,他睁开眼睛,手里攥着一张字条,这是朱诺通过与杜小宇的意识对话,操纵杜小宇的手写下的文字。为人类太空计划付出一生的朱诺教授,他的人生是短暂的,他所有时间都在地球和外星之间度过。他看过许多灿烂星河,也知道人类的年岁犹如沧海一粟,在宇宙面前根本不值一提,从地球出发的所有人,最终都需回到原点。这张字条是朱诺留给家人的话,也是他这一生的谢幕,只有一句:你们是我的全宇宙。

五

杜小宇开了先例,这件事很快就传开了。他在接引灵魂的时候允许对方用灵魂使者的身体留下了字条,这是一件很危险的事。朱诺是善良的人,可是并不是每个人都善良。

他曾在接引别的灵魂时,差点儿被对方反噬。反噬这件事,说来话长,只因坊间有谣言,说灵魂使者可以永生,所以杜小宇就遇到了一些硬茬,他们在和灵魂使者脑机对话的时候,妄图强占杜小宇的大脑,把杜小宇的意识清除出去。

"这不是欺负人家是见习生吗!"杜小宇被气笑了,"谁传出来说吃了唐僧肉可以长生不老的?这不是坑唐僧吗!"杜小宇可是小刺儿头啊。于是他非常简单、粗暴地按下传输关机按钮,随着哀号一片,贪婪的灵魂被截断在了电缆之中。就这样吧,能带走多少算多少,毕竟下一世谁也不认识谁!

这类轻信流言想要永生的人并不是最奇葩的,直到杜小宇遇到了赫赫有名的山口巴本。

山口巴本是一名……科学家还是艺术家?杜小宇感觉很难定义。山口巴本的前半生是研究太空军工的,简而言之,就是研究防卫外星陨石、外星势力入侵地球的防御围栏。山口巴本告诉杜小宇,自从有了太空围栏,类似星球大战的影视题材也越来越多,于是他转行去了影视行业,为所有拍摄星球大战或超级战士题材的剧组做专业指导。

杜小宇在见到奄奄一息的山口巴本时激动极了,山口巴本可是电影圈的名人。"山口巴本先生,您可以给我留个签名吗?"

"签个屁!不签了,我这一生签名都签腻了。"山口巴本已经没有力气签名了,但他依然可以和杜小宇对话。于是,杜小宇进入了一个魔幻的光影世界,他看到了山口巴本绚丽的一生。

山口巴本被誉为在艺术上作出杰出贡献的人,不过他没有创作艺术作品。"那您是从事了……"

"小伙子,我没有创作艺术,我指导艺术,我是高于艺术的。"

"什么是指导艺术?"

"就是提出意见,不允许那些非专业的艺术家瞎编!有些影视创作真是离谱,没逻辑,外星人一个接一个来到地球,这怎么可能?我们有着强有力的太空军工……"

"是的,是的,这方面您是专业的。"杜小宇有点儿口是心非,心想怪不得一段时间以来所有的电影都一个套路,真无趣!

杜小宇继续播放山口巴本的人生。他先是以其专业地位对影视文艺作品提出指导意见,慢慢地,他就成了一个审查者。

"我怎么感觉哪里对不上……我们不可以想象吗?"杜小宇说。

权威不容挑战,山口巴本一拍桌子,显得非常愤怒:"审查不是限制想象,而是为想象保驾护航,让它回归合理逻辑。没有审查,艺术创作就会严重脱离现实、脱离创作规律!"

这话没有半分毛病。不过杜小宇有点儿烦了,把他的人生拉到两倍速观看,大脑画面里出现了山口巴本的后半生:他出入各种灯红酒绿的场所,资本对他趋之若鹜……他潜规则诸多女艺人……在人生末尾,天皇给他颁发了勋章。

无趣的灵魂同样百里挑一,实在是太无趣了。杜小宇感觉有点儿蒙:"师父,我能不收这个灵魂吗?"他给师父打了个电话。师父给了他一些自由裁量的权力,他却吃不准了。这是对人类有价值的灵魂吗?

师父说:"不能,你看看,他的灵魂简历里,写着他是'文艺爵士勋章得主'。"

杜小宇问:"什么是'得主'?"

师父说:"得主,是一个很奇妙的词汇,中国文人创造它主要用来装点履历,意思是你得到过什么奖或者荣誉。"

"那只能说明你在得奖时的水平,它不应该是终身评价挂在履历上啊。获得过,就是'获得者',为什么要加个'主'?那谁是'仆'?我知道有奴隶主、封建地主,硬要和普罗大众割裂开,把自己放到受膜拜的地位,这个'主'字文化真是奴颜媚态啊。我还获得过大教考最后一名,那我是不是'须弥岛垫底得主',是不是'食堂干饭第一得主'?师父您是'伏虎山得主'……"

"傻徒弟,小刺儿头!那么多废话!越是没有的东西,越是要标榜,这个道理,你见多了就明白了!"

"师父,我瓶子不够了。""话痨"师徒终于说到了重点。

师父说:"傻徒弟,腾空几个瓶子出来。你前几天是不是还收了几个导演的灵魂？"

"不是，他们说他们是编剧。其中有一个被山口巴本压榨过，一辈子没出头，得抑郁症死的……"

"哦，怪不得，我说怎么没有名字。那你按照规范办吧，特别是他和女明星的那些事，别流传出去了，当心惹事。"

山口巴本的意识插了进来，打断了师徒对话："小伙子，赶紧的，我给你们判官都打过招呼了，你优先给我安排一个身体，要很强壮的，我可以征服更多女性。作为回报，我可以告诉你我的账户密码……你叫什么名字？我下世会记住你。"

杜小宇说："好吧，我叫小刺儿头。"

他想了五分钟，然后把山口巴本的灵魂数据扔进了厕所。

六

"嘀嘀嘀——突发紧急事件，就近的灵魂使者请前往卫星三路广场右侧！有一辆校车翻车……"听到通信器里的通报，杜小宇心里一跳。当他赶到卫星三路广场的时候，校车上的 23 名孩子已经快不行了。

这是杜小宇第七个任务周期，此前他已经采集过不少灵魂了，生老病死也见多了，可是眼前的惨状仍然让他目瞪口呆。任何语言都已经无法描述现场的悲惨氛围，空气里全是焦油的味道和刺鼻的黑烟，学生横七竖八躺了一地，洁白的校服染满了鲜血。杜小宇循着地面机械的残骸看去，不远处是一台被撞得稀烂的豪华跑车,车里的驾驶员脑袋上全是血。从地面轨迹来看,这台跑车横冲直撞,违章行驶,把校车撞倒了。

通信器又响了起来:"请就近的灵魂使者抢救拉斯·海纳德爵士的灵魂,请抢救拉斯·海纳德爵士的灵魂。拉斯先生是文艺资深爵士勋章得主,为人类的阅读和精神生活……"

杜小宇脑子猛地一阵抽搐,原来这次任务不是来接引这些可怜的孩子,而是来"抢救"又一个"得主"。

"大哥哥,您是来救我们的吗?"一个小孩儿从碎玻璃堆里看向杜小宇。

杜小宇看了看爵士,又看了看地上的孩子。爵士好像是纵欲吸毒了,正在吐着白沫,旁边还有一名穿着暴露的洋妞,据说是爵士最近正在力捧的新锐艺人。

"请就近的灵魂使者抢救拉斯……此次采集将会记最高分。"杜小宇看了看自己的手表,这阵子采集的灵魂似乎得分不高,他离转正还差着一大截!这人如果死了,也就采集不到他的大脑数据了。他犹豫了。

杜小宇蹲下身来,地上的孩子握住了他的手指,他意识到眼前这孩子将在半分钟后进入脑死亡,他说:"小朋友,很快就不疼了。"

那孩子只有最后一句话的时间了,他说:"大哥哥,给我妈妈打个电话,我想吃蛋糕……"

杜小宇眼泪直淌,23个活泼的灵魂都将熄灭,而那位对人类精神世界作出巨大贡献的爵士正在等待安排转生,他也一定和山口巴本一样打好了招呼吧。他一咬牙,脑机的线缆像是千手千臂般伸出,这一次他的灵魂力量竟然跃升了!

他开足了马力,摄取了 23 个灵魂,把他们都装进了瓶子。放心吧,哥哥一定带你们去见妈妈。

杜小宇的瓶子用完了,他得回岛上。这一次,他带着 23 个小孩儿的灵魂,想着这些善良天真的孩子应该很快就能被灌注到新的生命里,带着这些"智能"和记忆去重新体验成长,感受这个美好的世界。

次日,杜小宇准备启程,他顺便去咖啡店买了一杯拿铁。"等一等,小哥。"一个沉重的声音在咖啡店外叫住了杜小宇。

"您是?"杜小宇看到,来者披着藏蓝色斗篷,戴着面具,这可真是个怪人,这么热的天。

"小哥,您可以告诉我瓶子里装的是什么吗?"

杜小宇有点儿吃惊:"你能看见我的瓶子?"灵魂瓶子是隐形材质,实则是一个数据存储器。

"对,我不光能看见,还能感觉到它的能量。"

杜小宇说:"这些可没什么能量。"这是小孩子的大脑数据,怎么会有能量?

神秘人说:"这些数据比较简单,就像……人类的孩童时期,你带走是没有什么作用的。"

"你能分析到这些数据?可是,这不关你的事。"杜小宇喝完了咖啡,准备走。

"我这样说吧,"神秘人斟酌了一下措辞,"我是一名特殊探员,隶属于璇玑战略司,我现在在追查一个大案子,需要您的帮助。"

"璇玑战略司,那是什么?"

"您可以不用管它,这不重要。我们接到线报,有人在研制禁忌类超级生物。"

杜小宇一脸蒙:"什么?"

"就是采集人类精英'智能',用来灌注同一个生物,把它驯化成具有超级能力的生物体。这很危险,也是时空法律禁止的事。当然,他们一定会以堂而皇之的骗局来做这件事,以合法来掩护非法。"

杜小宇看着神秘人的眼睛,心口剧烈地跳动。但透过面具,他仿佛看到了星辰。这双有魔力的眼睛像有某种神秘的力量,要把杜小宇看穿。二人对视良久,神秘人像是读取了杜小宇的内心世界,他微微一笑,把一张星光名片塞到了杜小宇手里,语重心长地说:"小哥,人类得以生生不息,不被 AI 取代,可不是靠打破生死法则,而是靠善良才得以传承。如果您有任何关于禁忌生物骗局的线索,请捏紧这张名片,我们的英雄将为善良而集结。记住,我叫'神秘先生'。"

神秘先生说完就走了,他已经读懂了杜小宇内心的怀疑和摇摆。这小刺儿头,有想法得很呢。

"英雄将为善良而集结……"杜小宇琢磨着神秘先生的话,愣愣出神,这痨病鬼似的家伙,口气还挺大。杜小宇大概永远想不到,眼前这人乃是璇玑战略司的首座,是新英雄团队的领袖。

七

杜小宇回到岛上，就把瓶子都上交了。当师父听说他这次只带了 23 个小孩儿的灵魂回来，脸上露出了复杂的神色。"傻徒弟，你为什么要这样？那山口巴本和拉斯，本可以给你记高分的。"

杜小宇说："师父，我突然想到一件事，我想问问您。"

"你怎么这么多问题！你现在还是担心一下怎么向判官求情吧。"

"不，师父，我下山的时候，您给我讲了一个故事，就是姐姐和妹妹的故事。您问我该如何选择，是采集姐姐还是妹妹。"

师父说："你就是没有领会到该怎么选！"

杜小宇歪着头："师父，可是为什么没有人关心，当年的小孩儿哪里去了？"

师父半合着的眼睛突然亮了，这傻孩子终于开窍了。

六座莲叶状的巨大机械岛屿在无尽之海的东边开始起伏、旋转。

判官的府邸从西面升起，巨大的赛博宫殿像是一只座头鲸，在海上露出了背脊。

戴着机械面具的判官坐在宽大的镏金椅子上，他的声音从宫殿传向整个岛屿。他正居高临下地呵斥杜小宇。

"见习使者085！你好大的胆子！"判官大怒，"你害死了两位勋章得主！这是人类的损失！"

杜小宇被师父按着跪在台下，众师兄弟都在冷眼旁观。"不是的，他们是自己死的……"

"废话！我说的是你丢单了！丢了两位本该保留下来的人类精英'智能'！人类的脑死亡不叫死亡，只有他的大脑数据没有被我们保存传承才叫死亡！作为灵魂使者，你难道不知道自己该干什么吗？"

杜小宇抬起头："判官，我有一个疑问！"

师父拉他袖子："别说话，听发落。"

杜小宇挣扎："不，我就要问。"

"你要问什么？"判官有点儿吃惊，居然有这么"好问"的灵魂使者。

杜小宇胸腔里一股热血上涌，问："这些有用的灵魂并不善良，难道我们也要把他们留下来吗？"

判官仰天打了个哈哈："善良？人类需要强大啊。你带回来的这帮小孩子能干什么！有什么用？我现在判你不得转正。"

杜小宇终于明白了，这些孩子根本就得不到转生，这个转生再世的法则，有着特殊的偏好设定！

"人活着很难平等也就罢了，怎么连死了也要分个三六九等？他妈的，不转正就不转正了，"杜小宇喊，"我还有一个问题！"

"你是十万个为什么啊！"判官被气笑了，他捏紧了椅子的手柄，居然有个小刺儿头敢当众质问他。

"别问了,你再问要被丢进地狱了!"师父有点儿慌,他太了解判官的为人了,他已经感觉到了阵阵杀气。

杜小宇问:"是不是山口巴本和拉斯都跟你打过招呼?"

判官不说话了,这小刺儿头是要找死。

"干掉他!"师兄弟围了上来,围殴杜小宇。一番拳脚相向,杜小宇被打得浑身是血,师兄弟施展各种摄取绝技,可就是无法进入他的意识。杜小宇竟然掌握了这么强的灵魂力量,连三师兄都无法攻入。

杜小宇忍着痛,终于明白神秘先生说的话,他朝师父喊:"我就是当年被遗弃的小孩儿,师父,那两个恶人您谁都没选,您最终选了我!"

师父眼角泛着泪花。师父当年做的事和杜小宇的选择原来是一样的。

神秘先生说得对极了,人类之所以强大,不是因为智慧,而是因为善良。须弥岛和判官的真相已经呼之欲出。

杜小宇站了起来:"骗子,把那 23 个孩子还给我!"

杜小宇捏紧了星光名片,一伸手,六道蓝色的星光飞速划破海面。神秘先生的新英雄们将为了善良第一次集结。

破空行动

一

路易 16 的时候,不是路易十六。

那个时候他 16 岁,已经是得克萨斯州的众议员了。

至于为什么他这么年轻就可以获得议员身份,原因有很多:他拥有帝国最高理工大学的两个博士学位,传言他五岁的时候就会使用六国以上语言,并且可以解沙林豪森的行星辐射平衡方程……

他的父母究竟使用了什么方式来培养他,这让所有人都百思不得其解。众人既羡慕又佩服,经过教育机构的多番研究,最后得出结论,这只能归功于他先天的天才智力。

路易从小就被灌输着一种思想,他是为了全人类而生,是承担着巨大的使命的。他问过父亲:"我有什么使命?"父亲说:"你的使命就是拯救人类,你将是神,是主,是一切智能的结晶,是宇宙万物都敬仰的超级英雄!"

小路易有点儿摸不着头脑,但是父亲的话一直都深埋在他的心里,这伴随他度过了短暂的、不平凡的童年,因为他很快就步入了参政议政的人生阶段。

作为最年轻的议员,在那次难忘的听证会上,他向主管海洋、森林、土地的自然局官员发问:"如果我们改变月球或地球轨道,是否可以扭转气候变化对人类造成的影响?"彼时的科幻题材影视作品已经大行其道,来自东方的一位作家写了一篇《地球的流浪之旅》,在多年以后被同样来自东方儒家发源地的一位导演改编拍成了电影。

被诘问的官员有点儿蒙,问他:"小伙子,你是不是科幻电影看多了?"路易说:"不是,我提这个问题,是因为我要拯救全人类。你们难道没有发现末日很快就要来了吗?"

于是,路易当场做起了演算,他一边挥动手势一边说:"地球围绕太阳转,和太阳的平均距离为 1.496 亿千米,通过足够的吸光,地球的表面温度能维持在 15 摄氏度左右。在过去的一个世纪里,地球的温度比历史正常水平高了一摄氏度……我记得小时候,我演算过沙林豪森的行星辐射平衡方程,地球吸收的太阳辐射和发射的能量之间是需要达到一定平衡的。这个方程特别复杂,涵盖了太阳半径、日地距离、反照率、吸收率等,或许我没法跟你们说明白,这样说吧,为了让地球降温,我们需要增加方程中的 X,也就是地球到太阳的距离……"

被诘问的官员当场就笑了:"那么,请问议员先生,我们该怎么增加地球到太阳的距离?"

路易说:"很简单,将 60 万亿亿吨重的地球推离太阳一定距离。过去人们就提出过利用核爆来推动地球,不过这个方法很笨,爆炸本身就会对地球造成伤害。最好的办法是推动我们自己的天然卫星——月球,月球轨道半径增加 10%,就将影响地球的公转轨道!切断连接月球和地球的引力线,也能将地球弹射到一个更远的轨道上。"

"听起来不错,那该如何推动月球呢?"

"使用 100 千兆瓦的激光,每十年一次核爆……这些都可以!"

…………

"这已经不是路易第一次陷入众人质疑的目光旋涡之内……"伴随一个清丽的女声响起,众议员围着路易的画面定格。"仿佛没人能理解路易的处境,他一直觉得自己是为了拯救地球而生,他的思维太超前了……所以,这一百多年以来,他特别孤独,特别孤僻。后来许多事情都被证实了,客观来说,他真是一个天才。"

画面里,扬扬得意的路易,一头金色的头发,深邃如海的眼睛,他根本没有在意周围的目光,他提出了自己的拯救方案,他的神情就像获得一场战役胜利的将军,臣民拜伏在他脚下。虽然明知全息影视不过是模拟再现,就如同过去回看一场电影般,但身临其境的真实重塑,依然透着让人尴尬的气氛。

清丽的女声说:"各位队员,这是对路易的心理画像……这将有助于我们分析他、找到他、逮捕他。"

星舰时空会议室的灯光亮起,昼夜转换天顶将氛围调整回到下午四时,窗外的黄昏已至,这是一天中最让人舒服的时候。

　　对影像进行解说的女子叫卢丽安,是璇玑战略司的特工。她年轻而光彩照人,眉毛纤细,眼神灵动,眼角微微上挑,笑起来像是微风拂动蔚蓝海面,阳光摇曳椰树林。她穿着马面裙,盘一个丸子髻,是亮眼的、典型的东方审美。

　　在卢丽安的对面,是一排墨绿色的会议桌椅,桌椅皆宽,脚架不知是钛还是什么新金属,整体构造颇具科技感。顺着卢丽安的目光看过去,桌椅后面坐着几个奇奇怪怪的人。他们穿着奇奇怪怪,神态也奇奇怪怪。

　　卢丽安接着讲,画面开始像老电影般动起来。"路易越来越孤僻,越来越古怪,他做了很多疯狂的科学实验。"

　　"比如说?"听席上有探员举手提问。

　　"比如他尝试过用 AI 来复读中古世纪流传下来并且碳化的莎草卷轴,他认为那里有对人类未来的启示……比如他尝试制造一款超级机器,来维护虫洞规律,嗯对,刚刚他说的那些危险方案,比如点燃核爆来推动月球,他都试过!"

　　听众问:"他是要……拯救地球,还是毁了地球?"

　　"地球并不需要他一个人来拯救,"听众席有人笑出了声,"这是科学疯子。"

　　"对,这是科学狂人。"卢丽安神色严肃,"他好像脑海里被编入了某种程序,坚信自己天生就带着某种特殊使命、具备特殊能力,他就是来拯救地球的。"

"这么偏执？"听众席居中的一位听众发话了,他正是地表最强特工——武烈。"这是脑子里灌了铅!"他三十岁出头,一副生人勿近的恶大叔模样,穿着一身黑色的短打夹克,黑色的牛仔裤配黄色马丁靴。他满脸的胡楂子,显得又沧桑又颓废,一顶遮阳草帽下面,却掩不住一双锐利的眸子。

武烈的神情好不给卢丽安面子,他那表情分明在表达着不耐烦:"抓个弱鸡有什么好开会讨论的,浪费时间! 老子一拳可以打出神力,难道他还能够拒捕？"

卢丽安强压下了心头火,神秘先生有意要把小分队队长的位置交给卢丽安,专门嘱托她要学会带队伍。卢丽安根本就不明白什么叫带队伍,她说:"我们又不是带领部队打仗,我们是单兵特工啊,璇玑战略司里的异能者,哪个不是独来独往,谁都不服谁!"神秘先生笑了:"卢丽安,只要两人以上,就可以叫作团队,有团队就有领队,领队是团队的灵魂,必得团结队员,才能发挥团队的整体力量,个人英雄主义已经过时了。"

卢丽安不理会武烈,优雅和粗鄙有时候像鸿沟,她不大瞧得上他,她接着说:"他可不是一般的科学狂人,他是路易……根据可靠线报,一个叫作黑博士的人在从事禁忌生物研究。"

和武烈那不耐烦的表情相比,他的右手边是表面饶有兴趣的文江。文江问:"什么是禁忌生物研究？这个黑博士和路易有什么关系？"

文江已经在犯困了,他还是撑出一副津津有味的样子,可惜他演技拙劣,卢丽安看破又不好说破,气得直翻白眼。

文江这么给面子,是因为卢丽安给了他很大的帮助。他加入团队最晚,地皮没踩热,属于职场听话的阶段。在卢丽安帮他找回记忆之前他叫曾阿生,后来发现这名字是以前帮黑道大佬做"清道夫"时办的非法证件,他的父亲是著名的生物科学家文山,于是就找回了自己的名字。

文江穿着一条宽松的破洞牛仔裤,他不记得这是他什么时候买的,上身的黑色夹克肩有点儿宽。他个头很高,身形很瘦,整个人像是筷子般。他面容枯瘦,五官立体,胡楂稀稀疏疏,眉毛也稀稀疏疏,却紧皱得像把锁。他多年的头痛病治好了,可是眉毛的形状再也改不过来了。文江的能力和武烈截然相反,武烈力量巨大,而文江能操纵细微物质。

卢丽安解释说:"禁忌生物是用超越生物法则的方法来孵化超生命体,比如把各种生物的特征都拼接到一种生物之上……"

"那是怪物啊!"文江背后的一个男声说。

在文江背后坐着唐安和韩小山。

结界师唐安戴着藏青色鸭舌帽,帽檐下的面容颇为年轻,有着光彩照人的少年感,他和一旁长发飘逸的少年韩小山低着头玩桌板上的电动。二人在游戏世界打个天翻地覆,驯骥师韩小山刚刚召唤了风暴,正要袭击摩天轮上的唐安,就被卢丽安发现了,卢丽安起初还以为他们二人低头在做笔记,差点儿把肺气炸了。"你们两个能不能正经一点儿!"

唐安问:"难不成这个黑博士就是当年的科学狂人路易?"

卢丽安冷冷道:"从目前掌握的情报来看,应该是同一个人。"

"他为什么要驯化禁忌生物？"韩小山问。

卢丽安默念几遍："带队伍，带队伍，别动气。"她强行管理表情："刚刚不是说了吗，你们两个没认真听？"

文江补充了一句："刚刚说，这人一直很偏执，以为自己可以拯救地球。"

韩小山憨憨笑了："这么说，他以为自己是超级英雄？"

武烈一捶桌子："禁忌生物是违法的，生物法则一旦被打破，会出现很多问题，这算哪门子超级英雄？！"

卢丽安向前走了两步，说："所以，我们要查清他在干什么。"

武烈问："那咱们查清了吗？"

"我希望您能用一些礼貌用语，这里还有少年在。"卢丽安指着韩小山。

"我已经不是小孩子了！"韩小山抗议，"讲了两个小时了，看'电影'也看了仨小时了，这片子是不是叫《路易的一生》？"

"对，我们就是要搞明白路易的一生，难道你们没意识到问题所在吗？"

唐安最冷静，他沉吟半晌，道："这位路易先生，为什么一生下来就具备这么多智慧？他不需要通过学习吗？韩小山当年念书多痛苦。"

韩小山说："唐安，你是认真的吗？"

卢丽安不想理他俩："路易尝试了许多自认为可以拯救人类的法子之后，终于意识到一个非常重要的问题——拯救地球的终极方式,就是清理人类,然后用超级物种来取而代之。"

唐安截话道:"他是不是觉得只要人类可以积累大量大脑数据,就可以诞生超级物种?"

卢丽安长出口气,终于有个正常思考问题的脑子了,能从数据迭代的角度看问题。

唐安笑:"白痴,我以前是大数据与 AI 犯罪特别侦查局的啊。"

案情大体明了,路易在经历了多次尝试"拯救地球"的疯狂举动后,终于发现自己的秘密,自己的先天智能就是通过采集大脑数据,在其婴幼儿时期进行灌注而获得。如果能够把世界上精英人士的大脑数据都采集起来,灌注到自己的大脑里,是不是自己就可以变得全知全能?

"对,路易化身为黑博士,斥资打造了一座岛,在岛上培训一堆所谓的灵魂使者,让他们去采集濒死的精英人士之大脑数据,然后叠加、积累、灌输到他的超级生物脑中……"卢丽安阐述当前的严峻形势,"这是一个转生再世的骗局,一旦这个狂人获得了巨大的智能数据,他会做什么?"

"对呀,他会做什么?"武烈显然没跟上她的思路。

"他会做什么?"文江转头看着唐安和韩小山,二人皆是摇头。

卢丽安翻了个白眼,真是猪队友:"笨蛋!所有极端偏执的个人崇拜都将会异化成'类神崇拜',他不是要拯救世界,他是要让世界臣服于他。根据情报获悉,他的目的很简单,驯化出禁忌生物,横扫地表文明,把在他看来无法理解他的、愚蠢的、污浊的人类世界重新清洗,这才是拯救!"

"那还等什么?我这就去揍他!"武烈站了起来,一拉衣服就要走。

"慢着,我们还没有得到行动指令!"卢丽安一挥手拦住他,"抓捕前的目标画像非常重要,制定行动指南高于一切! "

韩小山问:"卢丽安,你是认真的吗? "

武烈嗤之以鼻:"别逗,纸上谈兵,没有任何意义,需要把这家伙抓回来,好好教育一番。"

"神秘先生已经亲自过去了,他把星光名片给了岛上的一位小伙子,只要他用力捏紧名片,定位信号就能传过来,收到信号,我们才可以行动! "

韩小山也站了起来:"要找个人并不难,我们不用等在这里。"

卢丽安:"不行! 必须服从命令。"

唐安保持着谦和的笑:"服从谁的命令? "

卢丽安唰地抽出一柄古剑:"这是神秘先生给我的,我是行动指挥官,自然听我部署。"她言下之意,众人理当服从她的命令。

众人愣住,文江弱弱地问:"这是……冷兵器? "

韩小山道:"你是认真的吗? 什么年代了,掏出一把剑? "

唐安微笑:"白痴。"

武烈一拉草帽，说："这剑能干啥？别逗了。"

这几人独来独往惯了，怎么可能凭一把剑作为信物，就听她的？

卢丽安有点儿恼，你们这帮……散装的英雄啊。

"从现在起，叫我队长！"卢丽安正色道。

武烈：……

唐安：……

韩小山：……

文江："队……对！我们行动吧！"

蓦地，指挥台上的警报声响起，嘟嘟嘟，定位信号暴响而起！"星光名片"的信号传过来，这意味着，黑博士的岛屿已经找到了。

"嘿，小妞你刚刚说什么？"武烈问。

卢丽安一呆："我说什么了？叫我队长啊！"

"你说信号来了，就可以行动！"武烈召来一台悬浮车。

"卢丽安，这次行动是什么代号？得取个威风点儿的名字啊。"韩小山说着话，已经乘着风暴冲了出去。

"死小孩儿，叫我队长啊！"卢丽安一转头，唐安手上画了一个圈，一道紫色的传送结界出现，下一秒自己就钻了进去，这估计是最快的交通工具了。

文江倒是老实，他摸着头，伸出油乎乎沾满微粒的手，说："要不，你坐我的细菌摩托车？"

卢丽安简直要抓狂："你们能不能正常点儿……"

二

计划执行得很顺利,神秘先生通过一段时间的观察,发现了一名叫杜小宇的见习灵魂使者,这小孩儿有着赤子般的心,他对整个须弥岛的规则抱有……叛逆的、独特的态度,他甚至质疑过,这岛上的转生规则,不是为了人类更好,而是为了帮某些人走后门。

神秘先生在一个蓝楹花开满红墙的清晨,于一家原木简约风格的咖啡馆找到了见习使者杜小宇,他给了他一张星光名片,他察觉到杜小宇采集了一堆无辜的孩子的灵魂数据,这表明杜小宇并不是一个功利主义者,他仅仅是觉得这些孩子很无辜。

人类之所以可以进步、生生不息,并不是因为他们拥有智慧,而是因为他们善良。善良,是宇宙亘古不变的一种品质,也是一条生存的铁律。不善良的种族,实在难以在宇宙百万年的更迭中寻找到自己的出路。

神秘先生对杜小宇报以慈善的目光,他告诉他:"这番采集精英人士大脑数据,很有可能是一个骗局,你们并不是在维护自然界的轮回法则,而是在执行一些助长犯罪的活动。"

杜小宇有点儿蒙:"这叫什么话?我作为一名灵魂使者,难道我自己还不能辨别孰对孰错?"

神秘先生给了他一张星光名片,并说道:"如果当你发现你所处的环境是一个骗局，请你紧紧地捏住它。真正的超级英雄，将因为你的善良，而完成第一次集结。"

杜小宇和韩小山的气质很像，唯一不同的是，杜小宇这家伙比韩小山还要横，还要刺儿头。他回到须弥岛之后，就直接和判官发生了冲撞，既然判官你根本就没想过要让无辜的、没什么价值的小孩子转生，那你就直说啊，别他妈的遮遮掩掩，还搞出一堆计分的名堂，这是形式主义和官僚主义啊！

判官也恼了，他看着跪在台下的师父和徒弟，杜小宇是最年轻的徒弟，而他的师父是整个须弥岛的金牌灵魂使者武田。

武田已经在须弥岛工作很多年了，他把所有关于灵魂采集的事都搞得门儿清，唯一失误就是在一对姐妹要遗弃孩子的时候，他用最后一个灵魂瓶子选择了杜小宇。

杜小宇能继续生存在这个世界并担任见习灵魂使者是一个异数，如果不是武田罩着他，以他的灵魂力量，至多就是须弥岛上的一个乞丐。但是杜小宇还是在经历了一番对错的判断后，站到了判官的面前，他振振有词地告诉判官，这个世界的善恶并不是以功利为判断，而判官直接将他打入了"不予转正"的行列。

作为见习使者的杜小宇沮丧极了，也愤怒极了："既然不能转正，那就不转正了，昨天的神秘先生告诉过我，如果发现这是一个骗局，就捏紧这个星光名片，正义的英雄们会为了善良而集结。"

杜小宇自己根本就不知道，他自己已经在 23 名学生校车事件里,突破了自己的极限,获得了超强的灵魂力量,他可以通过自己大脑的意念波,读取别人的大脑数据。

这个技能在众师兄弟的围殴之中没有发挥任何作用,倒是在他紧紧握住了星光名片时,给整个须弥岛带来了一阵不小的地震。

海浪开始沸腾。六道蓝色的星光开始快速地划过海面,朝着须弥岛集结而来。

在这个时空里,所有人都听说过,璇玑战略司是人类最高的异能机构,也是和平机构。面对各种自然的、人为的地球危机,联盟国选举出了一个璇玑战略司,用以处置突发情况和紧急事件。璇玑战略司的负责人叫神秘先生,他一直没有露过脸,有人说他的声音很像当年的天王级歌星,又有人说他有着追风少年般的童颜。明明可以靠颜值,他偏就常年戴着面具。

神秘先生座下有着一批超异能的特工探员,他们谁都不服谁,实在不好管理,必须找一个比较重大的案件,让大家扑上去,在经历了挫折之后,才知道统一指挥的好处。

这个艰巨的任务交到了卢丽安的手上。卢丽安也很蒙:"为什么是我?我才不想管理他们,这帮傻蛋。我现在的能力可以快速恢复受伤损害,我根本就是不死之身,我为什么要管他们?他们在战斗中该战损就战损,该挂掉就挂掉,反正我不会受伤。"

神秘先生笑了:"卢丽安,既然组织选中了你,你一定要接受这样的考验。"

卢丽安硬着头皮把大家组织起来，开了一个案件碰头会，把路易，不，黑博士的一生都播放了一遍："队员们，我们马上就要去逮捕这个狂妄的家伙，听我号令，你们……"她话根本没说完，队员们已经冲出去了。你们能不能正常一点儿！

这些年，卢丽安是神秘先生的心腹，她自己开玩笑，说自己是领导的心腹大患。神秘先生告诉她，她还没有意识到自己的使命是什么。

卢丽安问："我的使命是什么？"神秘先生没有回答她，反而问她："你知道自己是怎么获得了这样不死的恢复能力的？"卢丽安陷入了深思。

六个巨大莲叶状的机械岛屿在无尽之海的东边开始起伏、旋转。与机械岛隔海相望的一处半岛海崖上，神秘先生负手站立，他眺望机械岛，那里警戒森严，但凡接近岛屿周边，就会触碰警报。

卢丽安、武烈、唐安、韩小山、文江先后抵达海崖，神秘先生手一挥，六架光彩熠熠的水陆机车亮相。

"老大，你要亲自出手？"武烈问。

"你想我上场，还是不想？"神秘先生问。

唐安的右手转个圈，从紫色结界里抓出一包钓鱼工具，恭恭敬敬递给神秘先生。

隔着面具都能感受到神秘先生的满意，这才是领导心腹啊："我登岛后就钓鱼去，东海的鱼不错。你们，听卢丽安的。"

"是！"武烈高兴极了，他看唐安和韩小山，二人皆是一般喜色,神秘先生不下场,就不用听卢丽安的了。

十六缸的水陆机车拉动发动机,发出低沉的轰鸣。海浪开始翻腾,轰鸣被覆盖。

神秘先生一字字说道:"速战速决,抓捕嫌疑人路易,一切按计划行事,行动代号'破空'!"

"出发!登岛!"六道星光快速地划过海面,朝着须弥岛集结而来。

"对了,卢丽安,你们商量作战计划了吗?"神秘先生问。队员们一阵沉默,神秘先生一拍韩小山脑袋:"那你们随意吧。"

当杜小宇和武田师父被团团围住的时候,武烈用最惯常的出场方式,神兵天降,把所有人都震慑住了。地面形成了一个深坑,几个散装英雄站在坑里。

"你们谁是路易?"武烈指着高高在上的判官,神威凛凛地发问。

杜小宇是给大家报信的线人,这家伙刚刚发号施令,让人围殴杜小宇,从神态立场上来看,应该是个坏人。

韩小山说:"一定就是他!"

文江问:"为什么?"

"以前有个电视剧《少年包青天》,演主角判官的演员就叫这个名字,路易。"

卢丽安想把韩小山掐死:"你还是回去喂鸟吧。"

判官黑着脸,这哪里来的一帮二货!

卢丽安随即亮出证件,向判官宣读嫌疑人权利与义务,以及法律程序:"你们现在可以主动交代,珍惜最后一次法定从轻的机会,当然,你们最好是有一些反抗,因为你看——这帮粗人,正愁没地方动手!"

这样宣读逮捕前警告的,真是自人类有汉谟拉比法典以来,破天荒头一次。武烈突然内心一暖,想起了自己当年的法律宣读官孙智孝,这姑娘当年和他一同把财阀和权势操纵下的司法院闹了个天翻地覆,现在不知道她在哪儿。

判官狞笑一声:"原来是璇玑战略司特工到了!"他一挥手,从背后涌出一堆牛鬼蛇神打扮的黑甲武士,密密麻麻把整个房间都挤满。

唐安道:"这么多?"

韩小山皱起眉:"这跟蟑螂很像啊。"

卢丽安唰地一甩手,青铜剑已经执剑在手。"准备……"她话还没落,武烈已经冲进了黑甲武士的战团。判官一声喊,成百上千的牛鬼蛇神便发起了冲锋。

"保护证人!"卢丽安一把将杜小宇和武田俩师徒拉到身后,她稳稳把剑横抬手上,保持了一个防御的姿势,干架这种事交给她的队友就好。

干架积极分子武烈一和人动手,就根本拉不住,他的拳头到处,便是摧枯拉朽,扫倒一片,这神力的技能真是让人侧目。

黑甲武士像是流水一样涌了过来,唐安和韩小山避无可避,瞬间接敌,只能硬碰硬了。只见唐安一挥手,地上起了一个紫色的结界,他轻喊一声:"陷!"那画出的圆像是锋利的刀整整齐齐掏空一个地洞,敌人便全都陷了下去。

韩小山抬头看了看天空,须弥岛的湿度很大,天空中长年都有着厚厚的水滴云层。他抬手一道劲风,夹杂雷电激射而出,像是一条蛟龙般在黑压压的人群中穿行,敌人应声而倒。

文江的技能就没什么观赏性了,他闭上眼,双手握拳前伸,绿色的荧光微粒把面前的黑甲武士都包裹住,敌人每一步都慢了下来,每一步都像是深陷泥潭之中,随着向他靠近,敌人逐渐被微粒物质侵蚀消融。

人越打越多,耗下去不是办法。对方的黑甲武士像是被无限复制出来的,判官在台顶上饶有兴致地观赏,来啊,任你们砍杀,看你们什么时候手软!

卢丽安喊:"别自顾过瘾!抓人要紧!韩小山掩护一下唐安,让他腾出手,给武烈开一个瞬移结界,武烈直接到台顶上去抓判官!"

唐安有点儿蒙:"我需要韩小山掩护?"

武烈有点儿蒙:"我需要唐安开结界?"

韩小山有点儿蒙:"我凭啥只配打掩护?"

文江有点儿蒙:"我呢,我干吗?"

躲在背后的杜小宇问:"美女,你们真是一队的?"

卢丽安差点儿气背过去!

五名敌人扑到卢丽安面前,只见红光一闪,卢丽安手中的青铜剑已经将五人斩成十段。

判官咬着牙观战。"神力武烈,风暴韩小山,结界师唐安,还有个没听过名字的家伙……卢丽安倒是很有名,也只是听说她漂亮而已,怎么也这么难搞!"他一挥手,"换炮!这可是老子的地盘,谁和你们耗超能力来着!"

黑甲武士齐齐退后,头部向下翻转,从后脑露出一个炮管,整齐划一的数百炮口对准了中心的七人。

卢丽安倒吸一口气,她头脑清醒无比,瞬间估算了对方的火力总量,不好,这一排迫击炮打将过来,自己倒是不死之身,队友恐怕个个都得进这须弥岛的轮回。

判官坐在高塔之上,一挥手,总攻!发起总攻!

笨蛋!超级英雄真正的敌人到底是什么,你们马上就知道了。

三

一道蘑菇云从海面升起,须弥岛颤抖了整整十分钟。

当卢丽安从浓烟中醒来时,她惊悚地发现伙伴们不见了,不光伙伴们不见了,连她身后的证人杜小宇和武田也不见了。

她目力所及,尽是灰蒙蒙的一片,这灰色的浓烟像是聚成了一个圆形的穹庐,遮蔽了天空和大地。卢丽安心中大惊,这是什么情况?难道刚刚的迫击炮已经把所有人都送进了地狱?难道自己已经死了?不可能,自己是不死之身,她看看自己的手,手上全是伤口,血流如注。刚刚爆炸时,她记得自己用剑和手臂去抵挡迎面而来的冲击波,因此手上被炸开了许多伤口。

她看着伤口慢慢愈合,长舒了一口气,原来自己没事,自己的恢复能力仍然在起效。可是,为什么同伴们不见了?敌人也不见了?那成千上万的黑甲武士,以及那恶心讨厌的判官都消失了,只剩下灰蒙蒙的世界。

　　她起身向前方走去,蓦地,有个人影一动,她立刻摆出了防御的姿势,当她看清前方人影时,不由得大吃一惊,那人影光彩照人,眉毛纤细,眼神灵动,眼角微微上挑,穿着马面裙,盘一个丸子髻——这是自己!

　　卢丽安喊:"你是谁?"

　　人影在灰色的阴影之中,笑得很是瘆人:"我叫卢丽安。"

　　"你不是!我才是。"

　　对方抽出和卢丽安一样的剑,提起剑就往自己的手臂割去,鲜血直流而下,片刻那伤口也迅速恢复起来,连一点儿痕迹都没有留下。

　　"你到底是谁?你怎么会有这样的能力?"卢丽安越发紧张了。

　　对方缓缓道:"我就是你——我是你的影子!这个世界有光的地方,就有影,有南就有北,有阴就有阳。这样的道理,你难道不知道?"

　　卢丽安呼喊同伴的名字,她意识到自己的队伍一定是闯入对方的什么机关了,才会产生这样的幻象。刚刚的迫击炮,根本就不是物理攻击,极大可能是神经毒气一类的武器。

　　"别喊了,他们都在旁边——你们被隔离到了不同的空间格子。"对方走近了两步，两人对视着，同样充满魅力又深邃的眼瞳，真像啊，不愧是自己的影子。影子接着说，"你的同伴也会遇到他们自己的另一面。"

卢丽安捏紧了拳头，向影子挥拳："别耍花招，你现在被捕了！"

对方笑着不躲不避，卢丽安的拳头如打在了空气之中。"我就是你，你无法动手打伤我，但是——我却可以还击！"影子还手了，卢丽安被重重打飞出去。

"就这段位，还想抓捕伟大的路易先生？做梦！"

随着卢丽安一声叫喊，武烈从昏迷中醒来。当他发现自己面对自己的另一面，他先是一愣，随即冷冷笑了一声："竟然有人冒充老子，看我不把你撕烂！"

自己不能动手打自己的影子，可是对方却可以挥拳相向，武烈的神力可比卢丽安的出手重多了，武烈向对方出手，自然是被狠狠地揍倒在地。

同样处境的还有唐安、韩小山和文江，不幸的是，所有人都困在自己的影子世界里束手无策，只能挨打！

武烈被放倒后复又站了起来："你算什么东西？也配和我同名同姓！"

影子说："你自以为是正义使者，你看看你这些年都做了些什么？"

武烈有点儿蒙："我这些年都在伸张正义！"

影子一挥手，一面镜子从天而降，镜子出现了神勇的武烈探员,正在上天入地地抓捕罪犯。

"武烈,你知道自己错在哪里吗？我是你的影子,是你的内心罪恶啊,你的罪恶不消,我就一直存在于你的世界里。"

武烈头脑比较简单,听了这话愣愣出神:"我维护法纪,我还有罪恶？"

"笨蛋！你总是粗手粗脚,直拿罪犯,你保障过别人的权利没有？"

武烈打了个哈哈:"我迄今逮捕过312名罪犯,哪一个抓错了？"

"是吗?"影子一挥手,镜子里播放出了一段影片,"武烈,你抓捕了312名罪犯,可是有一百多人都被你打伤,这一百多人没有辩护和澄清分说的机会,在法庭审判之前,你就给别人定了罪！这里面……这位,还有这位,那位……他们即便是判刑,也不会受到像你出手那么重的伤害,还有在桑尼岛上终身残疾的黑沙暴组织头目,论审判他顶多就是个十年徒刑,可是你一出手,他成了植物人！"

武烈长叹一口气:"你若是知道这些人有多穷凶极恶,就不会说出这样的话。"

影子捏紧了拳头:"哪怕是恐怖分子也应该在法律面前享有基本人权。"

"恐怖分子为什么要享有人权？这些人就应该下地狱！"

"武烈,这就是我——你内心的罪恶存在的原因,你用实体正义去践踏了程序正义,你——未必公正！如果程序正义被践踏，世界将人人自危，只要力量比你大，就可以对你进行审判——未经法庭审判，你就可以击杀、击毙他们。那么我现在是不是也可以击毙你？”

“凭什么？”武烈捏紧了拳头，右手泛起了光。影子笑了："因为你施暴，你难道没有觉察到法律的尊严无存?!"影子出拳了，武烈被打得跪倒在地。

他内心一度崩溃，自己过去认为对的事，现在面临着分崩瓦解的局面！

摧毁一个人，有什么比摧毁他的信念更有杀伤力？执法者武烈过去一度认为自己就代表法律，可自己是不是就真的不会犯错？

卢丽安的影子和她相对而立，突然灰暗中拉开一个屏幕。"睁开眼睛好好看你的同伴，哪一个不是都犯过错，他们——凭什么充当英雄！"

卢丽安极力让自己保持冷静，她已经意识到敌人的意图。判官是在审判诸人，每个人最大的敌人是自己，英雄也不例外，每个超能力都带着原罪。

唐安和韩小山会有什么样的原罪？

唐安正在面对另一个结界里的自己，他陷入了无尽的结界循环之中，影子正在与他使用结界对攻。

他内心面对的冲击是使用结界的正确性。他的影子一边揍他，一边攻讦他："你改变了别人的人生，你知道吗？你总是以为自己聪明，蝴蝶效应你懂不懂啊？"

唐安在浓雾中沉默,自己总是使用结界,可是自己无意间改变了许多时空的细节,谁该对他们负责?

唐安的影子盯着他,一字一字道:"你不过是寻找自己的心上人,可是你如果不对宋智妍的那个世界打开摩天轮结界,她的权宇说不定也不会死! 是你扇动了那只蝴蝶的翅膀,改变了一切。"

"可是,韩小山呢? 韩小山预警风暴,难道这也有错?"敌人一挥手,画面里韩小山正抱着脑袋缩在黑暗之中,卢丽安没想到的是,韩小山面对的审判更为严厉。

"你预警风暴,可是你并没有消灭风暴啊! 风暴被你们驱赶出你们的城市,一定会到别的地方,难道别的地方那些自然生灵的生命就不重要?"

对,还有文江……卢丽安摇摇头,文江这二货,最早的时候他本来就是一名罪犯!

敌人指着卢丽安说:"你救回了文江,可是文江本身就是一名罪犯,他帮犯罪分子擦除现场的微量痕迹,有钱就可以脱罪,这是社会不公的罪魁祸首啊,难道他不该为自己过去的行为负责吗? 这样的人,难道没有罪吗?"

五个灰色的空间格子里,璇玑战略司的探员都面临着自我拷问,所有超能力的正当性都被瓦解,所有的超能力都带有原罪。

超能力可以解决很多问题,可是超能力却解决不了自身的问题。

"你们的存在,本身就是一个巨大的错误!"判官的声音在遥远的天空响起,"宇宙万物有其生息规律,人类无限扩张,自然最终不堪重负,你们逆天而动,你们是帮凶!"

卢丽安头痛极了,该怎么打开这样被动挨打的局面?路易这家伙,不光是科学狂人,还操着满肚子的歪理邪说,这得是对人类有多大的成见啊!

"等等!"卢丽安突然意识到一个问题,"所有人的超能力都有原罪,那么我的原罪是什么?"

灰色的浓雾被掀开一角,杜小宇的身躯横躺在角落里,刚刚的炮击已经把他炸得体无完肤,奄奄一息。

卢丽安的影子一字一字说道:"卢丽安,你的治愈技能是可以转移的,你愿意舍弃你的能力,去救本案的线人吗?"

"不可能!谁告诉你,这可以转移?"卢丽安捏紧了拳头,气得浑身都在发抖。

判官的声音在天空响起,那声音仿佛在遥远的天际,又仿佛如猛烈的撞钟敲击心灵:"好了,我已经知道你的选择。审判结束,你们都该下地狱!"

四

卢丽安的原罪到底是什么?判官给出的结论是,她向来只能救自己,却曾一次次眼睁睁看着别人死亡。卢丽安的影子播放了一段视频,那是卢丽安受命前往执行几次任务,当她面对强大敌人的时候,她自己可以迅速恢复,可是她却没有办法救回她的队友。

她的恢复能力,是一种高速的细胞重组能力,这种能力可以让渡给别人,可是当她让渡给别人之后,自己也将永远失去它。

"这种超能力的原罪是自私啊。"卢丽安的影子说。

卢丽安百口莫辩,她没法放弃自己的超能力,她做不到。她回想起神秘先生委任她担任队长的那一刻,神秘先生语焉不详地告诉她,当她领悟到能力源头之时,她就能领悟到为什么必须由她来担当队长。

卢丽安一直没有明白,自己为什么会有这样的恢复能力。值此危急存亡之时,她的记忆像是被打开了枷锁,迅速涌了上来。

那仿佛是很久很久以前的事,像过了很多年。

那个时候卢丽安还是小女孩。她的母亲是一名军事科学家,她的童年在母亲的研究室里度过。那时候的天空很蓝,云朵很美。每到夏天的时候,研究室外面的九重葛和蓝花楹都会开。

九重葛的颜色有很多种,紫色、玫红、紫红、深红,像是生命一样绚烂。卢丽安的母亲最喜欢九重葛,在她们的老家方言里,这种盛夏的植物叫"三角梅"。

卢丽安记得那天阳光很好,微风不燥,她放暑假,于是跟着母亲去上班。窗外的蓝花楹摇动着,蓝色的花瓣像是精灵一样透亮,在阳光和风中打着旋儿。

母亲和她团队的研究，是基于人类细胞迅速修复的项目，这是超级人体实验的部分，如果能打造出战损后能迅速自我修复的士兵，这在战场之上，将会无往不利。

卢丽安问过母亲："为什么你们要设计这样的东西？这样会带来战争。"

母亲说："不，是否有战争，根本不是科学的问题。如果我们的项目成功，会快速结束战争。"

卢丽安有点儿不理解。母亲指着书架上的一摞古书，说："中国古代有个字，武。武字拆开，即是止戈。欲取得和平，首先得有结束战争的能力啊。"

卢丽安摸着小脑袋，对母亲的话理解起来颇为吃力。在她的记忆中，战争不是好事情，父亲是因为战争而被征召上前线的，母亲也是，如果不在规定时间里研发出这样的项目，国家将会面临灭顶之灾。战争进入了白热化阶段，世界大战卷入的国家越来越多。

在小卢丽安的眼里，阳光是好的，空气是好的，蓝花楹和九重葛是好的。可是，在成年人的眼里，阳光是硝烟的味道，空气是硝烟的味道，连蓝花楹和九重葛的花香，也充满着肃杀和紧张气氛——留给母亲的实验时间已经不多了。

好在他们已经进入了最后的实验阶段。从细胞阶段到类器官，她们发现战损后的组织开始快速修复，这种药物能修改人类的基因组。

类器官的实验成功之后，离进入生物阶段就只有一步之遥了。

母亲带着实验团队没日没夜地工作,她每天晚上会阅读卢丽安父亲发来的邮件,这些邮件像是她工作的重大动力。父亲会对她诉说思念,也会鼓励她尽快解决实验的问题。他见过太多在战场上流血牺牲的战友,战争太残酷。

他在邮件里说:"过去有一部很有名的漫画叫作《七龙珠》,里面的卡林先生种植着仙豆,当超级赛亚人和他们的小伙伴们挺身而出,拯救地球的时候,仙豆成了他们补给的最大依靠,吃一粒仙豆,就能立刻治愈所有的伤,也能恢复所有的体力……亲爱的,你的这项实验,就是在开发'仙豆'啊。"

母亲看了看实验的进度,应该很快了。属于我们的"仙豆"即将开花结果了。

父亲和母亲不知道的是,随着战争越演越烈,情报战也越发针锋相对,这么重要的科研项目,敌人的间谍早就盯上了。在摸清了实验室精准地址之后,不惜一切代价的毁灭打击也跟进来了。

那一天,小卢丽安还在低头写着作业,蓦地,警报大作,广播里播放着一条焦急的通知。听着广播里的警报声,卢丽安有些害怕。

警报声没有来得及提醒所有人撤离,敌人的导弹就已经飞向了城市。研究室在一瞬间被摧毁。

这是关于母亲,卢丽安最后的记忆了。她记得火光冲天的爆炸,呛人的浓烟,还有不断摇晃和坍塌的建筑物。卢丽安曾经问过神秘先生："我是不是在最后关头被试验了这种药物？"

神秘先生说："不是。当时的情景比你想的要复杂得多。"

神秘先生继续说："你听过'洞穴谜案'吗？"

卢丽安摇头："这是什么案件？"

"'洞穴谜案'是1949年法学家富勒发表的一个公案,案情大体是在一次山崩意外中,五名登山者被困在了一个生存环境极其恶劣的洞穴,他们必须用尽所有方法,撑到救援到来。"

卢丽安说："如果有足够的水和食物,他们应该能撑到救援到来。"

"对,关键就是这些东西并不充足。虽然救援已经开始实施,但施救难度远超预期,受困者通过无线电与救援队进行联络,生存的希望逐渐变弱。"

"那后来怎么办呢？他们撑到救援到来了吗？"

"撑到了。"

"谢天谢地。"卢丽安眉头一展。

神秘先生看着她："救援人员到达的时候,惊讶他们是如何撑下来的……你难道不好奇吗？"

卢丽安不说话,她隐隐意识到这个案子背后的残酷。神秘先生语气没有变化,说："受困者通过无线电联络救援队,得知他们在没有其他食物来源的情况下无法坚持到最后获救。在受困的23天里,五名被困者通过掷骰子的方式,选出了一名同伴,他被其他四人杀死并吃掉,四人因此而获救。"

卢丽安倒吸了一口凉气。神秘先生在空阔的星舰平台上走了几步,他突然转头,向卢丽安发问:"这四人有罪吗?"

卢丽安沉默了……为了救四条生命,可以牺牲一条生命吗?求生是人类的本性、本能,当时五名受困者自愿参与掷骰子,被杀害的人本身也积极追求通过这种方式吃掉别人的有利结果。这本身就是一件随机的事,也是自愿的事。

神秘先生用手一指,点了点卢丽安的额头:"等你什么时候能想起你的能力源头,你就能知道一切。"

记忆终于冲开了枷锁,卢丽安终于想起,自己曾经也被困住过。那次突如其来的爆炸,将许多建筑物炸毁。当警报拉响,母亲指挥所有人躲进地下实验室,那里既是最后的实验室,也是一处防空工事。母亲在疏散完人群之后,来不及撤离,自己在爆炸中丧生,而卢丽安和六名母亲的同事一道,被深深埋到了塌陷的实验室之中!

在灰色空间格子里的卢丽安只觉自己脸颊一股热泪奔涌,原来她也曾深陷洞穴奇案之中。她记得在那个阴森、压抑的实验室,她的恐惧和悲伤把整个洞穴撑满。母亲的同事们,也就是一道被困的科学家阿姨告诉她,一定要活下去,只有活下去才有终结战争的希望。

卢丽安终于知道自己的能力源自何处了。她所有的力量都是源自于那个洞穴里所有人的选择。当救援队伍成功挖开塌陷的实验室时,所有人惊讶地发现,洞穴里的六名手握人类未来的女性科学家都已经饿死,而六名伟大的人类将所有食物都让给了小卢丽安。

她们没有选择掷骰子或者直接把最弱者当作食物，相反，她们把小卢丽安看作了希望，她们不光倾其所有给予卢丽安食物，还在洞穴里完成了最后一次药物试验。

　　在洞穴里的那些天，她们轮流哄卢丽安入睡，抚平她的悲伤与恐惧。她也不知道，吸入了洞穴里试验的气体让自己的身体细胞发生了改变，还是沾染了实验室里的特殊血浆，才获得了这样的恢复能力。

　　她的记忆已经模糊，甚至对这六位阿姨的面容也想不起来，可是当她此刻重新找回这段记忆时，她依然为人类灵魂最珍贵的本性动容，在面临生存与死亡的选择时，她们选择用自己的肩膀把这个小女孩托举起来，让她获得了新生。

　　获救之后的卢丽安被寄养在亲戚家里，她像普通人一样上学，她小心翼翼地隐藏起自己的能力，直到因为一次打抱不平，她徒手与十七八名持刀歹徒肉搏，她快速恢复被砍伤的伤口，歹徒惊呼着"妖怪"落荒而逃。神秘先生从天而降，出现在了她面前。神秘先生一直在追踪当年的试验结果，他找了她很久，终于知道结果是成功的。

　　卢丽安找回了最珍贵的记忆，她终于知道神秘先生卖的关子是什么。在过去，她无比珍视自己的超能力，就像是守着母亲一辈留给她的最后的礼物，她从没尝试过，甚至根本就不曾想过，交出自己的治愈能力，去治愈别人。

　　现在事实告诉她，她的能力本身就来源于人类最伟大的品格——给予。那么现在，当伙伴们需要她的时候，她为什么不能给予?

她看着躺在角落里的杜小宇,还有浮现在上空的另外四个灰色空间格子,每个格子里都是已经负伤奄奄一息的队友。

卢丽安闭上眼睛,仿佛回到那个坍陷的地下室,她全身上下泛起了光。她准备消解自己的能力,去拯救队友。

她思绪翻涌如海,在那个和洞穴奇案如此相似的地下实验室里,相同的困境发生过,而不同的人却有着不同的选择,人类最基础的本能无疑是求生,但当文明进化到了一定程度,人的精神力量就会发生很多变化。

脱离了低级灵魂的人,总是以如何给予他人、照亮他人、成就他人为己任,那些人踩人、人吃人的无聊场景不过是劣根性的个例。唯有善良、勇敢、坚持、给予、成全……这些才是人性之光。

卢丽安一字一字道:"超能力有原罪,那有什么稀奇!如果非要说人性本来就是带着原罪的,那么,有光的地方,就有影;有阴的地方,就有阳……

"这样珍贵的人类文明,值得用尽全力去维护。为了保护我们所爱的人,我们知道自己为了什么而战,那便够了……"

她一边说,掌中剑的光芒越来越盛,神秘先生给予她的不是一柄利器,而是坚守的决心。

"我们——或许没有办法于刹那之间,抬腿便渡过原罪之河,但我们却始终抱着最真挚、最坚定的心,将信念传递下去,哪怕牺牲生命!你看这须弥岛的苦海无涯——只要一直向前,终有一日也能达到彼岸！"

剑的光芒照亮了整个灰色空间,驱散了鬼蜮浓雾。

五

卢丽安醒过来的时候,已经躺在舒舒服服的治疗床上。床体很柔软,窗台上摆放着各色品种的杜鹃花,她最喜欢这种花,过去曾听人讲,杜鹃花分五类,春鹃、夏鹃、东鹃、西鹃、高山杜鹃。

她放眼看去,窗台上花团锦簇,有属夏杜鹃的长华、五宝绿珠、紫宸殿;有西鹃的残雪、春燕、晓山、米斯特拉尔、罗莎莉;有属春鹃的映山红、毛叶青莲;有属东鹃的日之出、蓝樱、雪月……当然,卢丽安最喜欢的是高山杜鹃,它的生长环境造就了它的独特风格,凌霜而立,和自己有几分相像。

她历经了生死迷途,乍见人间,忽觉自己拼力守护的地球如斯美好。

她有几分疑惑,以为自己眼花,高山杜鹃怎么在这个地方生长?凑近看时,才发现这些高山杜鹃被人用特殊玻璃器皿罩住,模拟了高山杜鹃生长的海拔和气候。

是谁这么有心?武烈不可能,这厮比炭渣还粗糙。唐安不可能,这家伙连杜鹃和月季都分不清。韩小山就算了吧,小朋友一个。

文江抱着一盆花敲开了门,他惊喜地发现卢丽安醒了。

"你醒了！卢丽安,你躺了一个月了！"

卢丽安看着文江,这家伙好像老成了些,胡子没理,头发也长了,有点儿非主流,她问:"我消解后发生了什么事？"

文江扑到卢丽安的跟前,握住了她的手。他真情流露,眼中泪光莹莹:"谢天谢地,我以为你不会醒过来了。"

卢丽安苦笑:"你们抓到判官了吗？"

文江说:"别一醒来就说工作好吗？你想吃点儿什么？"

卢丽安摇摇头,实在吃不下,她感觉自己已经失去自愈能力, 浑身都感觉到了伤愈前的疼痛。她一翻白眼:"比起吃东西,你还是给我聊聊后面的事吧,不然我憋得慌。那坏蛋你们搞定了吗？要是这都搞不定,我就白瞎了。"

文江歪着脑袋,说:"当然搞定啦,那个灰色的空间格子,是对方设置的一个场域,你驱散了场力之后,我们就都恢复过来了。"

"那就好,那就好,原来我们最大的敌人,都是我们自己啊。"

文江笑了:"去他的吧,恶人也有恶人逻辑,那个判官坚称我们才是自然秩序的破坏者, 人类最终就应该走向灭亡才是, 这样地球才能重新洗牌,获得生机。"

卢丽安说:"这就是他的作恶逻辑或者说犯罪动机,那你们最后找到他的禁忌生物了吗？"

"找到了！璇玑战略司最后认定我们'破空行动'算是完成了。"

卢丽安两眼放光:"快给我说说,那是什么怪物？"

文江叹口气:"哪有什么怪物,那禁忌生物就是他自己……不过,他能结成阴阳面的奇型场,也已经是很强大的能力了,从量子力学来说,奇型场实际上已经不属于宇宙四种自然基本力,即强力、弱力、电磁力、引力的范畴,甚至接近宇宙暗能量了……最无耻的是,他把这个奇型场,称为'诛仙阵'。"

"诛仙阵,诛仙阵,这和封神作品很像啊。"过去有部古典小说《封神演义》,里面的通天教主就是用一种叫诛仙阵的阵法,困住了阐教诸仙,可谓鸿蒙开辟以来第一杀阵。判官以此为名,足见口气之大。

"可不是,他这是有针对性的,璇玑战略司有'新封神阁计划',筛选具有特殊能力的探员,用以开展特殊任务,他便搞出了一个诛仙阵,这不是针尖对麦芒吗?"

卢丽安若有所思:"知道璇玑战略司不足为奇,可他是怎么知道'新封神阁计划'的?"

文江说:"这个……就是一个很劲爆的料儿了,容我稍后再说。"

"别卖关子啊,跟谁学的?"

"不,我不是卖关子,我怕你刚醒,心脏受不了。"

卢丽安笑了出来:"你什么时候变得这么温顺?"

文江一本正经地说:"当你说要守护所爱的时候。"

卢丽安伸了伸懒腰:"你们和他的对决想必很精彩,可惜我错过了。"

文江说:"我可以给你讲啊!医生说你醒了之后,还得在治疗床上躺两个月,我可以把和他的对决拆成九个章节,每天给你讲一段,连载起来,这样你就不会无聊了……"

"你是要转行写小说?"卢丽安翻了个白眼,"快点儿讲,别吊胃口。"

文江开始讲,当卢丽安消解了自己的自愈能力,驱散了判官的奇型场之后,武烈等人也因此得到了治愈,所有人都醒了过来,唯独卢丽安醒不过来了。首先悲愤暴起的是文江,他和判官开始正面厮打,接着武烈、韩小山、唐安也卷入了战团,估计打了三天三夜吧,难分难解,难解难分……"

"停停停!讲重点,别啰唆。"

"好吧,总而言之,判官其实并不是他的真名……"

"废话,杜小宇还叫'灵魂使者'呢。"

"判官很强大,作为超禁忌生物技术的半成体,已经具备超强的作战能力了。他的动作很快,唐安的结界、韩小山的风雷、武烈的神力跟他动手的速度比起来都弱爆了。有句话怎么说来着?天下功夫唯快不破啊。我们还来不及使用能力,就已经被打得七荤八素了。估计老大来了,也不是对手。"

"那你们是怎么干掉他的?"

文江得意扬扬地说:"团结啊!这不是你说的吗!我们制定了新作战计划,由韩小山用风暴掩护唐安,唐安给武烈开了一个瞬移结界,而武烈带着这个结界不停穿梭到对手的身后……"

"等等,等等,这不是我给的计划吗?"

"当然不是!判官不是吃素的,光凭武烈的拳脚怎么可能与之对抗？"

"那你们是……"

"武烈不停袭扰对方，不过是吸引对方火力，他给我腾出累积微量粒子的能力，我可以拖慢敌人的速度，蓄力需要一些时间。所有的快都是慢的无限组合，这样的无限微缩却特别有效，我蓄力后可以放慢判官的动作……武烈就可以与之对攻。"

卢丽安皱眉："你们就是这样把他拖垮的？"

文江得意极了："是！我们每个人都无法打败他，可是我们把各自的能力组合到一起，就能把他拖死。"

卢丽安有点儿哭笑不得："等等，你刚刚说，还有个什么猛料？"

文江说："当我们打倒判官，揭开他的面具之后，才发现他的面具之下不过是个人造机器人！"

"啊？他不是路易？"

"当然不是，我刚刚说了啊，他自己就是改造过的禁忌生物，改造他的人才是路易，也就是通缉犯黑博士。"

卢丽安疑惑："也就是说黑博士根本就不在现场？"

"对，而且我们掀开他的面具之后，这机器人居然诈尸！它被远程操控了，于是第二轮血战又开始了。你想啊，黑博士开发的这套大脑数据提取系统，本身就是一套操纵系统……你看吧，我说可以拆开讲九段故事，你就是不信。"

卢丽安掐他脸："好好说话啊。"

文江吃痛，喊："行行行，我接着讲，后来我们看没法战胜他,那个时候我们都乏力了,估计第二回合就被团灭了,可是峰回路转,一个你想不到的人出场了!"

"神秘先生?老大出场了?"

"不是,是杜小宇!那个小刺儿头,他站了出来,既然是通过灵魂力量远程操纵,那他也可以和远处的黑博士抢攻啊,他距离这么近,而且……他似乎激发出极大的力量,可以直接插入到判官的意念里去,灵魂使者就是干这个的啊!在四五个意念拉扯的回合之后,杜小宇成功接收了判官的大脑中枢,把他给关停了!"

"天,竟然这么曲折!虽然摧毁了判官和须弥岛,可是黑博士仍然在逃啊。"

文江说:"放心吧,老大说了,一定会继续追缉他,我们现在可团结了,就期待着你快点儿醒过来,带我们去追缉他。哦,对,老大说了,等你醒了,我们全都要去'回炉再造',过了新年包完饺子,我们就要去参加超级英雄培训班,还由你带队……"

"什么什么?超级英雄培训班?"卢丽安盯着文江有点儿一本正经胡说八道的脸,"慢着,你不是有个猛料要说吗?"

"你刚刚是不是奇怪为什么黑博士知道封神阁计划?"

"是。那又怎样?"卢丽安问。

"在杜小宇接收了判官的大脑中枢后发现一个惊悚的事……"文江像是做贼一样看了一眼门外,他压低了声音说,"黑博士和老大是相识!黑博士曾经就差点儿成了璇玑战略司选出的负责人,咱们老大神秘先生是当时的超级英雄培训班考核第二名！也就是说黑博士曾经是老大的学长。"

卢丽安一声惊呼："这怎么可能？"

"杜小宇在判官大脑数据里读取到的景象，黑博士差一点儿就成了神秘先生。"

卢丽安摇头："你这故事太离奇了！我不信，你们几个平日谁都不服谁，怎么就突然团结起来，各自配合了，光这一点儿，就知道是瞎编。"

文江捧腹大笑："看来还是瞒不过你，你太聪明了。我给你讲第二个版本的故事吧。"

文江接着讲："其实啊，我们苏醒之后，已经没有多少战斗力了，判官的力量很强大，我们根本就走不了几个回合，而且我们也缺乏统一指挥，缺乏相互配合。这个时候……老大神秘先生登场了，他钓鱼无果，转而迁怒判官，这家伙不光放炮吓走了老大的鱼，还和他一样戴面具，是可忍孰不可忍，于是他出手了，你可不知道，他一出手，那日月无光，那惊涛骇浪，在两百个回合后，他成功收服了判官。"

"停停停！"卢丽安用力掐他胳膊，"这故事比刚刚那个还假！"

文江眨着眼："那你愿意相信哪个故事呢？"

"文江，你这是少年派的奇幻漂流记啊？"

卢丽安看着他，阳光洒了进来，照着窗台上的花，只有文江知道卢丽安喜欢什么样的花，他这么做，是希望在卢丽安有朝一日醒过来时，能第一时间感受到这个值得的世间。

茶杯里的茉莉飘着淡淡的香,彼时她走进那段战争的恐惧记忆,此时比任何时候都渴望美好与和平。或许是和文江有着比较接近的童年经历,他们二人天然比较近。她听着文江的故事,端着喜欢的茶水,一瞬间感到幸福被具象化。真是挺好的。

　　"我还是相信第一个吧。"她轻轻摸了摸文江的头。

　　文江微微一笑,起身打开了门。

　　"队长?""队长!""队、队长。""队长——"

　　门外站着武烈、韩小山、唐安、杜小宇,四人人手一盆高山杜鹃花。